아줌마, 지중해에 빠지다

아줌마, 지중해에 빠지다

1판 1쇄 인쇄	2010년 7월 7일
1판 1쇄 발행	2010년 7월 15일

지은이	이인경
펴낸이	김진수
펴낸곳	사문난적

편집	김동섭
영업	임동건
기획위원	함성호 강정 곽재은 김창조 민병직 엄광현 이수철 이은정 이진명

출판등록	2008년 2월 29일 제 313-2008-00041호
주소	서울시 성북구 동선동 5가 20번지
전화	편집 02-324-5342 영업 02-324-5358
팩스	02-324-5388

ISBN 978-89-94122-16-8

아줌마, 지중해에 빠지다

이인경 지음

사문난적

청소를 했다.

같은 집에서 내리 십수 년을 눌러 살다보니 어느날부터인가 말 그 대로 '바늘 하나 꽂을 데도 없는' 상태가 되기도 했거니와, 심지어 이미 있는 것도 또 사들이기까지 하는 웃지 못할 처지가 된 지 오래 라, 더이상은 미룰 수가 없었다. 최종 원고를 출판사에 보내고 그 날 오후부터 청소, 아니, '버리기'를 시작했다.

나는 '나를 버렸다'.

내내 끌고 다니던 작품들도 버렸다. 아깝지 않았느냐고? 왜 아니 겠는가! 아깝다는 표현으로는 부족하다. 그러나 보존할 가치가 있 는지 없는지 정도는 알 수 있어야 작가로서 최소한의 자격이 있는 게 아닐까? 텔레비전 리얼리티 서바이벌 프로그램을 가끔 본다. 떨 어지는 사람은 혼자만 자기 작품이나 공연이 좋지 않았다는 사실 을 깨닫지 못한다. 프로그램에 참여한 다른 사람들, 심지어 내 눈에 까지 뻔히 보이는 때조차도… 그걸 보면서 생각했다. 내 작품의 가 치를 제대로 판단하지 못한다면 그건 이미 내 감각이 죽었다는 뜻이었다. 단지 '감상적인' 이유 때문에 포기할 수 없었던 것들을 모두 끄집어냈다.

오래 전 외국에서 사들고 온 재료들, 혹시 언젠가 쓰일지 몰라 모아들인 이것저것, 이젠 더이상 보지 않고, 아마도 볼 일 다시 없을 책들, 나누어주고, 버리고… 며칠을 그렇게 끊임없이 내보냈다. 경비아저씨들 눈이 동그래졌다. 그러던 어느 오후, 난리 북새통, 먼지 날리는 베란다에 철퍼덕 앉아 몇 시간을 펑펑 울었다. 처음엔 우선 점점 깨끗해지는 집안과, 부담이나 나를 얽어매고 있던 집착들로부터, 나쁜 기억들로부터 스스로를 놓아주는 듯해서 마냥 기분이 좋았다. 그런데 갑자기 밀려드는 공허함과 무기력함. 그건 후회나 회한이라는 말로 설명될 수 있는 감정과는 달랐다. 그냥 내가 없어진 느낌. 나를 버텨주던 무언가가 통째로 사라져버린 듯한 느낌…

열흘 넘게 그렇게 '내보내고' 몹시 앓았다. 모처럼의 육체노동으로 몸살이 나기도 했지만, 그저 몸만 아픈 것은 아니었다. 그리고 정말 그 징그럽도록 질긴 기억을 다 끊고 말개진 집안처럼 '새로' 살고 싶었다.

이제부터는 훌훌 살 수 있을 것 같았다…

언제라도 떠날 수 있을 것 같았다…

그러나 아직 대부분의 옷장과 부엌살림은 그대로다. 저것들도 슬

슬… 가장 떠나보낼 수 없는 걸 맨 처음 보내면 그 다음엔 어떤 것도 못 보낼 건 없었다. 그리고 '꼭' 있어야 하는 것, 없으면 큰일 나는 건 사실 처음부터 하나도 없었다.

새삼스레 이렇게 '끊어낼' 용기가 있는 나 자신이 신통방통했다. 이것도 나이 덕분인가? 오래 전부터 '모든 것은 사소하다'에 크게 공감은 하면서도 실천은 전혀 못하고 있었는데 정말로 다 별게 아닌 걸 여러 번 몸으로 실감하고 나니, 이제는 '모든 것이 사소할' 수도 있을 것 같다. 어차피 팔자 고쳐질 만한 일도 아니고, 목숨이 왔다 갔다 할 일도 아닌 다음에야… 살면서 보니, 남 보기에 좋은 팔자라도, 들춰보면 그저 편안하고 좋기만 한 경우는 없었으니까. 또 행여 당장 더 살 수 없다고 한들, 내가 어쩔 수 있는 일도 아니지 않은가! 이런 생각도 할 수 있고, 그 덕에 집착을 버릴 수도 있고, 여러 모로 나이 드는 일도 꽤 괜찮았다.

길을 나서서 보고 느낀 걸 기록해 놓자고 시작한 일이었는데, 하다 보니 책 내용이 어느새 '50대 아줌마의 성장일기' 내지는 '늦게나마 스스로를 알아가기' 무슨 '잘 나이 들기' 비슷하게 흘렀다. 50을 넘어서고 있는 내게 가장 중요한 관심사이자 화두라 그냥 자연스레 곳곳에서 묻어났다. 나이 드는 게 싫거나 죽는 게 두렵지는 않았지만 힘이 빠지고 판단력이 흐려질 일은 늘 많이 두려웠다. 그러나 이제는 나이 드는 게 꼭 두렵지만은 않다(아픈 것만 빼고…). 게다가 어쩌면 잘 나이 들 수도 있을지 모른다는 생각이 조금씩 들기도 한다. '잘 나이 드는' 게 어떤 건지에 대해 달리 볼 수도 있다는 걸 알게 되어서일까? 입을 앙다물고 몸에 힘이 잔뜩 들어가서는, '세월아 덤벼라! 나가자! 싸우자! 이기자!' 하는 게 아니라, '그 세월도 다 살았는데, 그때는 죽을 만큼 절실했어도 뭐 지나 보니 별것도 아니더만, 어디 또 무슨 재미난 일이 일어나나 보자' 하는 제법 여유로운 기대감이 가뿐하다.

역사학자도 아니고, 미술이론 전공도 아니고, 사회학자도 아니니 어쩌면 부정확한 이야기들을 썼으면 어쩌나 하는 걱정도 없지 않지만, 논문이나 교과서가 아니라 단지 주관적인 느낌을 바탕으로 쓴 글일 뿐이라고 이해해 주시기를… 어떤 대단한 주제나 의미를 원한다면 그런 건 어디까지나 내 능력 밖이다. 물론 깨알 같은 여행 안내서도 못 된다. 그저 쏟아져 나오는 바다를 캔버스에 그대로 받듯이 내 발로 밟은 땅에서 스쳐갔던 생각과 기억과 감정, 느낌들을 나오는 대로 다 담았다. 서툴기 그지없지만, 그저 여행 이야기를 빌미로 50년 살아온 일들을 두서없이 떠드는, 아줌마의 수다 정도로 봐주면 좋겠다. 아줌마들은 하고 싶은 이야기, 할 이야기가 늘 많다. 주제와 상관 없이 갑자기 이리저리로 튀기도 하고, 저 하고 싶은 이야기만 일방적으로 한다. 그냥 그런 마음으로 썼다. 그렇지 않았다면 처음 해보는 이 일을 마무리 짓지 못했겠지만…

글 쓰는 훈련을 받은 일도, 제대로 써본 일도 없는 터라 당연히 서툴고 거칠지만, 생각과 느낌을 가감 없이 솔직히 이야기하자는 마음 하나로 여기까지 올 수 있었다. 부족한 글을 좋게 봐주시고 선뜻 출판해 주신 '사문난적' 김진수 사장님, 편집을 맡아주신 김동섭

선생, 마음 편하게 해주신 하지순 선생, 실제로 책을 낼 수 있게 많이 격려해 주시고, 벽에 부딪칠 때마다 도와주신 이인성·심민화 선생님께 감사한다. 그리고, 자신들의 이야기가 세상에 밝혀지는 걸 봐야 하는 가족들, 특히 부모님, 혹 부담되는 내용이 있어도 너 그러이 봐주시기를! 그냥 서술이지 원망이나 비난이 절대 아니랍니다!

　30년 이상 그림을 해오면서 나는 구상과 비구상을 오락가락했다. 그저 싫증이 났다거나, 비구상 하다보니 수다가 떨고 싶어졌다거나, 이제 너무 떠들었으니 가라앉히자거나 하는 정도의 이유 때문이려니 생각했었다. 그런데 그렇게 단순한 게 아니었다. 청소를 핑계로 오래 전 작품들부터 다 꺼내보고서 분명히 알게 되었다. 내가 비구상, 특히 아주 미니멀하거나, '무언가를 연상시키는' 이미지를 최대한 걷어내려 애를 쓴 작업을 한 시기는 가장 심리적으로 불안하고 화가 나고 아주 좋지 않았던 때와 정확히 일치했다. 생각하기도 귀찮고, 느끼거나 이야기하는 것도 힘든 사치인 상태에서 나는 무표정한 가면, 누구도 나를 눈치 챌 수 없게 하는 가림막으로 비구상을 택했던 거였다. 작품에 인체가 등장하고, 자연이 등장하면 비록 그것이 '이렇게 외로운 사람인 줄 몰랐다'는 평을 들을지언정, 세상을 향해 내 이야기를 하고, 나를 드러내도 된다고 느끼는, 심리적으로 어느 정도 안정되었던 시기였다.
　작년부터 사물을 그리기 시작했다. 그림을 넣는 작은 음식 관련 책에 대한 계획 때문이었는데, 하다보니 점점 구체적이 되었고, 그게 참 기분이 좋다. 무언가를 사실적으로 그리는 작업이 기분이 좋다는 건 분명히 지금 내가 꽤 상태가 좋다는 뜻일 게다. 하긴 내 이야기를 시시콜콜 털어놓는 글까지 쓰는 마당이니! 이건 사실 내게는 상상도 못할 일이었을 수도 있는데…

이 따뜻한 시절을 오래오래 즐겁게 누리고 싶다. 내내 신나게 '잘' 살아야지!

2010년 6월

이인경

차례

올드 월드에 간 아줌마

2008년, 나는 쉰 살이 되었다. 이제 정말로 내 인생의 반을 넘었다
는 실감이 났다. 남들은 서른 지날 때나 마흔을 넘어설 때 느낌이
각별했다는데, 워낙 넋을 놓고 살던 때라 경황 없이 지내서인지, 나
는 서른이고 마흔이고 별다른 느낌이 없었다. 그저 무슨 날이든 귀
찮고 번거로워 빨리 지나갔으면 하는 생각뿐이었다. 그냥 어서 나
이 들어 '느낌'이 없어지는 날이 오기를 바랐었다. 그때는 아주 나
이가 많아지면 모든 일에 데면데면해지는 줄 알았으니까… 그런데
50은 좀 다른 숫자였다. 앞으로는 100년도 살 수 있다는 경고를 되
풀이 들어서일까? 이제 반을 살았구나… 아이고, 그럼 아직도 반이
나 남았구나… 이걸 어떻게 살아야 하나… 스스로에게 물었다. 그
러나 답이 쉬 나올 문제는 아니었다. 정리되지 않은 찜찜하고 복잡
한 기분으로 두서없이 쉰 번째 생일을 맞았다.

하지만 정작 나는 그날을 몹시 앓으며 보내야 했다. 삶과 죽음이
갈릴 정도의 그런 이름 있는 큰 병은 아니었지만 이전에 그렇게 아
팠던 적은 없었다. 전에 늘 해왔던 그대로 개인전 준비를 했던 것
뿐이었는데, 쌓인 피로와 스트레스를 내 몸이 더이상 견뎌내지 못

했다. 내가 나이가 들었다는 걸 나만 모르고 있었다. 오래 누워 있어야 했고, 전시는 평생 처음 연기했고, 집안은 당연히 엉망이 되었다. 그리고 무엇보다 20 몇 년 같이 살아온 남편에게 실망했다. 이 사람이 정말, 자기 아플 때 내가 어떻게 해줬는데, 내가 일어나기만 해봐라, 별렀다. 그런데 누워서 곰곰 생각을 해보니 그게 다 내가 그에게 '다리 뻗으라고 자리를 깔아준' 때문이었다. 그의 어머니가 26년, 내가 26년, 고부간에 합력한 유일한 일이 그를 그렇게밖에 할 수 없는 사람으로 만든 일이었다. 진심으로 후회했다. 정말 이건 아니다. 그리고 앞으로 수십 년을 내내 그렇게 살아야 하면 어쩌나, 걱정이 밀려왔다. 나이 드는 것, 육체적으로 정신적으로 약해질 일만 생각해도 걷잡을 수 없이 두려운데…

여든이신 어머니께서 입버릇처럼, '내가 이렇게 오래 살 줄 알았더라면' 이렇게 저렇게 하셨을 거라는 말씀을 하시기 시작한 지 10년은 족히 된 것 같다. 작은 이모님은 늘 나를 보시고, '내가 네 나이라면!' 하시며 아쉬워하신다. 그러나 내게 처음 그 말씀을 하셨던 30여 년 전에 이모는 지금 내 나이보다 열 살 이상 젊으셨다! 아, 당황스러워라! 모두 훌륭한 분들이다. 완벽한 인생이 어디 있으랴마는, 그만하면 성실하고 정직하게 정말 열심히 사셨다. 사촌들 중에서는 특히 내가 어머니와 이모를 많이 닮았다. 가치관도, 세계관도 비슷하다. 그게 틀렸다고 생각하지 않았고, 어머니와 이모들처럼 살면 꽤 괜찮은 인생이 될 거라고 기대하기도 했다. 그런데 그분들이 허구한 날 그렇게 후회가 많으시다니! 그럼 나는 앞으로 남은 세월을 다 어쩌라고?

앞으로 30년 후, 절대로, 절대로, 작은 일이든 큰 일이든, 후회를 곱씹으며 살고 싶지 않았다. 그래서 결심했다. 갖은 핑계를 대면서, 안하고, 못하고 있었던 일들을 더이상 미루어서는 안 된다고. 이제는 너무 상황, 형편 따지지 말고, 눈치 보지 말고, 가고 싶은 곳이 있으면 가고, 하고 싶은 일이 있으면 참지 말고, 남편과 아들과 밥을 먹을 때, 마지막 남은 갈비 한 쪽도 먹고 싶으면 먹자고 결심했다. 내 영육간의 건강함이 먼저라고. 내가 건강하고 행복해야 좋은 에너지를 퍼뜨릴 수 있고, 그래서 주변사람들을 탓하지 않고, 원망하지 않아야 그들도 진정으로 행복하고 건강할 수 있으리라는 걸 이제껏, 나이 50 먹도록 깨닫지 못하고 있었다. 어떻게 사는 게 잘 사는 건지, 진지한 고민 한 번 없이, 그냥 아등바등 살면 그게 잘 사는 거라고 착각하고 있었다. 욕망도, 소원도 일단 미뤄두고, 잠시 젖혀두고, 그러다보면 어느날 '펑' 하고 완벽하게 행복해지는 날이 '짜잔~!' 오리라고 믿고 있었구나! 나는 내 가치관이 마구 흔들리는 걸 느꼈다. '생각 좀 해봐야겠는 걸!' 언젠가는, 좀더 여유가 생기면… 그때 가지… 아니다, 아니었다. '가만 있으면 그때는 안 올지 몰라, 설사 오더라도 내 몸이 허락한다는 보장이 없지. 가자, 지금이 바로 그때야, 아직 쫓기지 않고도 갈 수 있는 지금, 가자!' 그리고 몸이 어느 정도 회복되자마자 뒤도 돌아보지 않고 그리스와 이집트로 떠났다.

왜 예술적인 자극이 널려 있고 쇼핑하기에도 좋은 뉴욕이나 파리, 런던이 아니고, 혹은 경치 좋은 북유럽이나, 늘어져서 쉬기 좋은 어디 따뜻한 섬도 아니고, 그리스와 이집트가 가장 먼저 떠올랐을까? 단지 거길 못 가보았다는 이유일 리는 없었다. 못 가본 데가 어디 거기뿐인가? 마추픽추도, 사바나도, 히말라야도 못 봤는데! 그런데 다른 곳은 생각해 보지도 않았다. 무조건 처음부터 거길 가기로 마음먹고 있었다. 그리고 결국 나 자신도 그 이유를 확실히 모르는 채로 떠났다. 그저 막연히, 고대 문명, 문명의 고향, 고대의 땅, 올드 월드, 미술을 전공하고 서양미술사를 공부한 사람으로서 이집트와 그리스 문명을 보고 싶어서인가보다, 나도 제법 문화적인 인물인데, 거기쯤은 가봐야 면이 서지, 정도의 느낌. 그러나 아테네 거리에서, 이집트 사막을 달리면서도 뭔가 손에 잡히지 않는 모호함, 부족함이 있었다. 내 일생일대의, 인생의 전환점인 양 비장하게 떠나온 여행이 하필 여기지? '그래, 이거야, 바로 이것 때문에 여기 온 거야.' 가슴 벅찬 순간도 없었다. '에이, 뭐야, 정말 왜 여기 온 거야?' 박물관을 돌아다니며, 유적의 그림자에서 한숨을 돌리며, 꼭 여기 오겠다고 해놓고 너무 데면데면, 감동이 없는 정도가 아니라, 심지어 지루하고 시시해하는 나 스스로에게 놀랄 지경이었다.

오전에 아테네 시내 시장을 돌아다니다 점심 시간에 호텔로 돌아왔다. 피곤한 다리 밑에 베개를 받치고 침대에 비스듬히 누워, 사들고 온 샌드위치를 씹으며 TV를 켰다. 보통은 여행중 CNN이나 BBC를 보지만 그날은 그리스 방송이 궁금했다. 채널을 돌리다 화면도, 의상도, 세트도, 연기도 촌스럽기 짝이 없는 드라마에 꽂혔다. 우리에게는 신화지만 그들에게는 일종의 사극이려나? 신들과 요정과 인간, 왕들과 영웅들이 뒤엉켜서 삼각, 사각의 애증, 갈등, 모함, 질투, 음모를 양산하는 지극히 통속적인 이야기. 말을 전혀 못 알아들어도 내용을 이해하는 데 아무 문제가 없는 그런 드라마였다. 너무 촌스러워서 헛웃음이 다 날 지경이었는데도 계속 보는데, 어릴 때 기억이 떠올랐다. 그리고 알았다. 왜 그리스와 이집트였는지, 뭘 바라고 여기 왔는지를 비로소 깨달았다. 고대 문명의 고향인 올드 월드가 아니라 거긴 내 고향, 내 어린 날의 다락방 같은 안식, 도피처, 위로, 나만의 올드 월드였다. 힘들 때 고향을 그리워하는 사람처럼 그곳으로 도망가고 싶었던 거였다.

  어릴 때 나를 가장 매혹시켰던 것은 하늘하늘 날리는 옷을 걸친 아름다운 여신과 정령들이 나오는 그리스 신화와 왕자, 공주, 귀족의 사랑이 등장하는 이집트 왕실 이야기였다. 처음 어디서부터 시작되었는지는 확실치 않지만 아마도 동화나 만화, 영화 같은 데서 본 이미지를 내 나름대로 발전시켰던 것 같다. 여신, 요정, 공주 이야기에 빠지지 않고 소녀시절을 보낸 사람이 있을까? 아이들은 기본적으로 사실주의와 판타지를 명확히 구별하지 못한다. 그러나 내가 자라난 집은 '소녀적인' 동화나 판타지, 연애소설, 부풀린 머리, 레이스, 어린이용 화장품 같은 건 발도 들여놓을 수 없는 분위기였다. 말하자면, '어른'들의 성숙하고 점잖고, 이성적인 세상을 지향하는… 그러나 아이는 충분히 아이다울 수 있어야 제대로 자란다. 아이나 어른이나 나이 드는 데는 어느 시기든 때맞춰 꼭 경험해야 다음 단계로 나아갈 수 있는 통과의례 같은 게 있다. 그걸 맘 놓고 충분히 겪어보지 못하면 어느땐가 꼭 동티가 난다. 하지만 그럴만한 여건이 되지 못할 때, 아이는 제 모습, 욕망을 감춘다. 부모의 기대에 부응하느라고. 부모님께 잘 보이고 싶은 건 모든 아이들이 똑같기 때문이다. 나는 공상도 몰래 했다. 조금 자란 후부터는 부모님 앞에서는, '나도 똑똑해서 저건 뭐 다 가치 없고 점잖지 못하고 진지하지 않은 저급한 헛소리인 줄 잘 알고 있고, 그래서 관심도 없다'고 생각하는 척하면서 몰래몰래 꿈을 꾸었다. 사실 어린 계집아이가 요정과 공주의 세계를 상상하는 것이 잘못하는 일도 아니고, 어찌 보면 꼭 필요한 성장 과정인데, 난 내 꿈에 대해 심지어 죄의식 내지는 자기혐오까지 느꼈다. 나는 왜 이게 좋을까, 이런 건 별볼일없는 나쁜 건데, 좋아하면 나도 별볼일없는 나쁜 아이인 건데… 자유로운 상상력이 별로 허용되지 않는 성장기를 보낸 셈이다. (갑자기 밀려드는 자기연민…) 내 세대의 많은 사람들이 비슷한 경험을 갖고 있지 않을까? 중학교에 다닐 때까지도 공상은 계속되었다. 몰래 먹는 떡이 더 맛있다고, 잠자리에 드는 시간이 하루 중 가장 좋았다. 어릴 때부터 잠이 유난히 얕고 쉬 잠들지 못하는 아이였던 나는 이불 속에서 늘 이야기를 꾸미다 잠들었다. 화려하게 치장한 인물들이 내게 말하고, 우아하게 움직이고, 웃었다. 그들은 정말로 생생하게 살아 있었다.

중1 내지는 중2 어느때부터 나는 그런 상상은 더이상 하지 않기로 했다. 〈안네의 일기〉를 읽은 직후였다. 같은 또래의 사춘기 소녀가 쓴 글. 구절 하나하나가 내 이야기처럼 너무 공감이 가고 감동적이었는데, 모처럼 내 소감을 들은 어머니는, '〈안네의 일기〉는 좀 유치하지?'라는 한마디로 내 감성, 자신감, 발표력을 초토화시

컸다. 수준 높은 안목을 '가르치신' 것이었겠지만, 지금도 또렷이 그 말투와 표정까지 기억날 정도로 충격이 컸다. 심지어 이것도 별로인데, 내가 하는 공상을 아시면 날 사람으로도 안 보시겠구나, 정말 안 되겠네. 그래서 그만 두었다. 처음엔 거의 금단 현상에 시달렸다. 그래서 밤마다 집에 쌓여 있는 한국문학선집을 별 느낌 없이 마냥 읽어댔다. 내가 그걸 읽는다고 어머니가 자랑스러워하셨으니까. 그러나 내 상상의 나라는 버린 게 아니라 묻어둔 거였다. 보면 안 될 걸 감춰놓고, 그런데 너무 보고 싶고… 서서히 그 느낌은 엷어졌지만 난 늘 그 땅들에 대해서 뭔가 껄끄러운 감정을 갖고 살았다. 그런 게 바로 잠재의식이다. 그리고 50에, 인생의 한 고비를 넘으면서, 마치 잊고 있었던 고향, 아무 문제 없고 모든 게 행복했던 곳을 떠올리듯, 나만의 마법의 주문, 신화와 판타지가 잠재의식 위로 떠오른 거였다. 맘껏 펼쳐보고 원 없이 환상을 즐겼다면 자라면서 자연스럽게 별게 아니었다고 거기서 졸업했으련마는, 나는 억지로 빼앗긴 보물처럼 미련이 많았고, 무슨 만병통치약, 마법처럼 여겼던 모양이다. 어린 내게는 위로와 기쁨이었으니까. 사춘기를 제대로 겪지 못하면 중년에 2차 사춘기가 닥쳐서 우습게 군다더니, 내가 꼭 그 꼴이었다.

그러니 이집트와 그리스에서의 내 심드렁한 반응은 당연했다. 내심 찾고 기대하던 올드 월드가 거기 있을 리 없었다. 내가 꿈꾸던 세계는 현실이었고 펄펄 살아 있었다. 그리고 그 세상은 제한된 자료와 정보만으로 어린아이가 마음대로 '창조, 발전'시켰던 세상이기도 했다. 따라서 사실과는 많이 달랐고, 그나마 유적과 유물과 역사만 남아 있는 그곳은 나와 관계가 없었다. 헛웃음이 났다. 이런, 나이 50에, 어처구니없기는, 두서 없는 생각들이 밀려들었다. 느낌이 확 왔다. 마법의 약이나 숨을 곳, 한순간에 모든 게 역전되는 '짜잔~' '펑!'은 없다. 지금의 모습이 맘에 들지 않지만, 막연히 기다린다고 해서 해결되지 않으리라는 것도 확실했다. 단추를 잘못 끼웠다는 것도, 다 풀어봤자 반듯하게 채울 수 없다는 것도 이미 알고 있었다. 그러나 받아들이고 싶지 않았다. 정확한 사실 인식이 문제 해결의 첫 열쇠인데, 나는 현실을 인정하지 않았으므로 내 문제들은 풀리기는커녕 오히려 점점 더 꼬였다. 자, 어쩔 수 없다면 여기서부터라도 시작하자. 누구의 책임인지 묻지도 따지지도 말자. 이제 이 상태에서 내가 할 수 있는 최선이 무엇인지만 생각하자. 그나마 남은 단추까지 잘못 채우지는 말자. 홀랑 다 풀어버리는 대신, 해체주의 의상 디자이너들처럼 더 멋지게 만들어 보자. 그렇게 앞으로 50년을 살자.

한때는 아무런 희망도 기대도 없다고 느꼈었다. 그냥 빨리빨리 나이 들고, 그리고 더 나이 들어서… 그렇게 하루를, 1년을, 10년을 살았다. 그러나 그렇게 열정 비슷한 것도 없이 살았는데도, 살아 있었기 때문에 뭔가 깨닫기도 하고, 못 보던 것도 보고, 새로운 일을 배울 수도 있고, 더 잘하게 되기도 했다. 하지만 그건 다 별게 아니라고, 이제 와서 내 인생이 달라질 수는 없다고, 그렇게 마음을 닫고 살았다. 그래서는 안 되는 거였는데! 스스로에게뿐 아니라 주변 사람들에게까지 얼마나 미안한 일인 줄을 모르고 있었다. 20년을 타도 늘 제자리걸음이라고 푸념했던 스키. 해마다 조금씩이나마 확실히 실력이 는다. 그 쾌감! 무의미하다고 여겼던 세월이 헛된 것만은 아니어서, 안 되던 턴이 되고, 더 좁게, 천천히, 일정하게, 편안하게, 그리고 예쁘게 경사를 내려올 수 있게 되었다. 어려서 못 배운 자전거를 50이 다 되어서야 배웠지만 하루에 50킬로미터를 달릴 때, 그 성취감과 자기만족이라니! 어떤 이유로든, 어느때든, 자신을 포기한다면 참으로 무책임하고 비겁하기 짝이 없는 인간임을 이제야 깨닫는다. 포기해도 괜찮은 나이란 없었다. 이제라도 알았으니 그나마 다행이다. 하지만 깨달아야 할 잘못들이 여전히 또 많이 남아 있겠지? 잘못을 찾아내는 재미로 살아볼거나…

정해 놓았던 일정은 다 무시한 채, 오후 내내 꼼짝 안하고 누워 있었다. 그리스 TV는 드라마를 지나 만화와 뉴스와 스포츠, 또 다른 로미오와 줄리엣 풍의 드라마, 뉴스, 광고, 광고, 광고를 돌리고 있었다.

어스름한 저녁의 거리로 나갔다. 작은 피자리아, 브릭오븐 광고를 내건 집에서 쫄깃한 피자와 생맥주를 먹었다. 스스로를 위로하고 격려하면서, 잘 살자, 인경아! 'Life is Good!' 미국에서 대학원에 다닐 때, 50대 초반의 지도교수가 서명처럼 모든 글 말미에 붙이던 말이 나도 모르게 튀어나왔다. 그녀의 심정, 그 말의 의미가 제대로 실감났다. 'Life is Good!' 나는 나와 건배했다.

아줌마가 본 올드 월드는

아테네에서의 그 오후 이후, 여행은 내게 새로워졌다. 자, 기왕 여기까지 왔다. 처음 여기 오고 싶었던 이유가 무엇이었든, 왔으니 지금 이 시간을 즐기는 게 내 새 인생관이다! 여기서는 저기 걱정하다가, 저기서는 여기를 아쉬워하는 어리석음을 되풀이하지 말자. 세상은 나 없이도 잘 돌아간다. 꼭 내가 아니면 안 될 일, 내가 없으면 큰일 날 일은 원래부터 없다.

나는 온전하고 열성적인 관광객이 되어 교과서에서 본 유적과 유물들을 맞춰보고, 새롭고 맛있는 게 뭐 없나, 열심히 기웃거리기로 했다. 정말 볼거리는 천지에 널린 곳이었으니까. 순간순간 신나고 즐겁게 흘러갔다. 이렇게 사니까 좋구나, 집 걱정도 기억도 다 버렸다. 내가 있는 곳이 정말로 세상의 중심이었다. '나'는 세상의 중심이다. 천상천하 유아독존이 아니라 자기에게 주어진 인생을 주변 여건이나 사람들과 관계없이 책임감 있게 주도적으로 살아야 한다는 의미에서.

이래서 사람들이 여행이 좋다고 하는구나, 떠나기를 정말 잘했네, 어디서든 그 시간, 그 상황에 가장 알맞게 최선을 다하자, 할 수 있는 건 다 해보고 피하지 말자, 그리고 당당하자, 잘못한 일도 없잖아? 30년 후의 나에게 미안하지 않도록.

나는 관광객으로서의 의무를 완수하기 위해 최선을 다했다. 그러나 인간이 만든 가장 위대한 고대문화와 유적들의 땅에서 얻은 결론은, 몇 천년 시간과 공간의 거리에도 불구하고 인간은 다 거기서 거기라는 것. 막연하게 거대한 산처럼 느껴졌던 고대의 왕들과, 용사들과, 사상가와, 예술가와, 신앙인들, 절세의 미인들, 지략가들, 역사와 신화와 전설의 주인공들. 그들은 나와, 이웃들과 별다르지 않은 모습의 '인간'들이었다. 이집트 여왕의 장제전(葬祭殿)에서, 박물관의 서기의 상에서, 예루살렘 통곡의 벽에서, 수천 년 전 역사 속의 인물들이 우리와 같은 상처와 문제를 가지고 지지고 볶으며 살았음을 보았다. 인간은 참으로 변하지 않는, 변하기 어려운 존재였다.

그리고 또 하나… 문화와 역사를 보겠다며 떠났지만 지금 내 기억에 가장 크게 남은 건 바다다. 거창한 명분은 역시 자연에 비하면 별게 아니었다. 지중해, 도저히 표현 불가능한 푸른 빛. 지중해 한가운데, 프러시안 블루가 그렇게 투명할 수 있다는 걸 처음 알았다. 사이프러스, 비너스가 태어난 '보드라운' 바다, 어쩌면 그리 여성적이고 육감적일 수 있는지! 뒤로 돌아 반대편을 보면 해만 쨍쨍한, 특별할 게 전혀 없는 심심한 땅인데, 그저 바다만으로 충분하고도 남았다. 정말 이건 절대 과장이 아니다. 새벽의 지중해, 오전, 오후, 황혼, 밤의 지중해, 깊은 바닥이 다 비쳐보이는 산토리니 칼데라의 바다. 이렇게 아름다운 세상이 또 있었구나!

그 전까지 나는 한려수도가 세상에서 제일 아름다운 바다라고 믿었었다. 한려수도는 내게 생각만 해도 아련하고 뭉클한, 슬픈 다정함이다. 젊어서도 뭉클했지만 나이가 들수록 그리움이라는 표현이 그보다 어울리는 풍경은 없었다. 에게 해에서 한려수도와는 또 다른, 분명히 다른데, 못지않게 아름다운 바다가 있다는 걸 알았다. 한려수도와 에게 해의 가장 큰 차이점은 전자가 섬, 육지와 바다가 한데 어우러져 만들어내는 아름다움이라면 후자는 육지 풍경이 대체로 보잘것없어 바다에 더욱 집중하게 된다는 것. 특히 에게 해는 그냥 그대로, 바다! 그저 바다! 그래서 바다만 남았다!

그래도 되도록 많은 것을 보려 했고, 다양하게 먹으려 애썼다. 음식을 한꺼번에 여러 가지씩 맛보지 못하는 걸 빼고는 혼자인 게 절대적으로 유리했다. 그 동안 나이 헛먹은 건 아니라고 우기면서, 아마도 10년 전, 20년 전이었다면 이런 게 내 눈에 뜨이지 않았을 거라고, 열심히 느끼고, 생각하고, 기록을 했다. 사실 혼자 있는 '젊은 외국 여자'는 어떤 시선이든 끌게 마련이다. 불편하게스리… 그러나 나이가 허락하는 여유랄까, 중년이 되어 혼자 나선 길에서 남들 시선에서 완전히 자유로워진 나 자신을 발견했다. 사람들도 혼자 있는 나를 별다른 눈으로 보지 않았고, 나 역시 긴장되지 않았다. 진짜 여행하기에 알맞은 나이는 바로 50대였다!

어찌 보면 실없는 발견 하나, 동서를 막론하고 나이도 하나의 권력이었다. 나이를 벼슬처럼 내세우고 써먹을 생각은 절대 없지만, 실제로는 나이 덕분에 주눅 들지 않고 주어지는 대로 누릴 수 있었던 것 같다. 아줌마라 뻔뻔해진 건지, 테스토스테론 덕인지, 전에는 생전 안해 봤을, 절대 못해 봤을 일들도 일부러 해봤다. 여행이나 색다른 경험을 하기엔 지금 내 나이가 정말 '딱'이었다. 앞으로 이 특혜를 맘껏 써먹으리라!

여행을 끝내고 돌아와서 정말 오랜만에 '미친 듯이' 그림 작업을 했다. 동화책 결말을 알고 싶어서 잠들기 싫었던 어린 시절처럼, 잠시도 흐름이 끊기는 게 싫어서 몸이 달았다. 여행을 제법 많이 했었지만 이런 경험은 처음이었다. 내 안에서 바다가 마구 쏟아져 나왔다. 혼자만의 여행은 오늘이 내일 같고, 그날이 그날 같았던, 여간한 일에는 흥분도 열정도 없었던 나를 돌려놓았다. 이 비슷한 이야기, 경험담을 들을 때마다, 뭐 그렇게까지, 며칠 여행에 사람이 바뀌나, 제대하고 일주일이면 아들들이 입대 전 모습으로 다 돌아간다고 엄마들이 불평하던데, 유난스럽게 척하기는, 과장일 거라고 생각했었다. 그런데 내게 정말 이런 일이 일어날 줄이야!

독립선언

혼자 여행 다녀오겠다고 아무와도 의논하지 않았다. 인터넷을 뒤져서, 전부터 모아오던 자료를 꺼내서 일정을 짜고, 예약을 하고, 입금하고, 그 후에야 남편과 부모님께 통보, 아니, 선언을 했다.

부모님의 반응은, 꽤 오랜 침묵. 불규칙한 숨소리. 떨리는 목소리로 어머니가 물으셨다.

"…혼자…?"

"네.혼.자.가.요.돈.다.보.냈.어.요.취.소.못.해.요."

가능한 한 음절 하나하나에 힘을 주어, 계획을 바꿀 수 없다는 메시지를 분명하게 전달하려고 애를 썼다.

"…"

"…"

"얘, 위험해서 안 돼. 니가 혼자 어떻게 하려고 그러니? 세상이 얼마나 험한데! 여자 혼자, 무슨 일을 당하려고!"

어머? 이게 뭐래? …아! 남자? 헛웃음이 나왔다.

"어머니, 저 50이거든요, 할머니하고 아줌마의 중간쯤 된다고
요."

"넌 세상을 몰라. 세상은 그런 게 아니야!"

그때까지 조용히 계시던 아버지께서 한마디 하셨다.

"그럼 엄마랑 같이 가라."

?!!! 아이고!!!

부모 눈에 자식은 진짜 영원히 나이 들지 않는구나! 며칠간 좀 시
달렸다. 드디어 마지막으로, 단단히 결심을 하고, 논란에 종지부를
찍었다.

"세상을 믿지 못해서 그런다고 하시지만 사실은 그게 아니라 저
를 못 믿으시는 거예요. 제발 이젠 좀 믿으세요. 제가 여행도 더 많
이 했고, 기운도 엄마보다는 세구요, 저 영어도 잘하잖아요. 저도
그 정도는 할 수 있어요!"

부모님께 그런 말 처음 해보았다. 사실 그렇게까지는 안하고 싶었
는데!

난 참 순종적인 아이였다. 부모님이나 선생님, 어른, 권위에 도전,
반항한다는 건 내게는 있을 수 없는 일이었다. 물론 부모님은 정말
자식을 위해서라면 언제라도 모든 걸 희생하실 만반의 준비가 되
어 있으시고, 반듯한 가치관과 지적 능력을 갖춘, '부모 말만 들으
면 된다'는 말씀을 온전히 따라도 아무런 문제 없을 그런 분들이시
다. 사실은 그분들에게 반항할 일도 없었고, 그렇게 하고 싶지도 않
았다. 착하고, 말 잘 듣고, 모범생이고, 그어준 선은 절대 넘지 않으

며 살았다. 늘 한 걸음 앞에서 돌아섰다. 그렇게 살다보니, 생활 수준은 평범하지만, 주변에서는 나를 보고 모범적이고 '보기 좋게 사는' 상당히 '얄미운 년'이란다. 그러나 정작 나는 긴 줄에 매여 있는 느낌이었다. 줄은 아무리 길어도 줄이다. 목에 큰 가시가 걸려 있다고 할까, 상투적인 표현으로, '가슴에 돌덩이 하나 얹힌' 느낌. 여행은 내게 부모님으로부터의 독립선언이었던 셈이다. '반대하셔도 저 갑니다!'

남편의 반응은 좀 달랐다. 그도 처음에 매우 당황했다. 그에게는 조곤조곤 설명을 했다. 난 꼭 가보고 싶은 곳이야, 하지만 당신은 별로 가고 싶어 하지 않는 나라들이잖아, 그런데 우리 형편에, 가고 싶지도 않은 곳인데 당신까지 큰 돈 들일 필요 있어? 그리고 지금 가야 휴가 시즌보다 싼데 당신은 학기 중이고…
"그럼 의논을 하지, 내가 일정 짜줄 텐데. 예약은 어떻게 했어? 다 잘한 거야?"
신혼 시절, 결혼 생활의 질서와 원칙을 찾으면서 그와 내가 자연스레 도달한 결론은 '분업'이었다. 우린 둘 다 잘하는 것과 못하는 것, 좋아하는 것과 싫어하는 것이 제법 분명한 사람들이고, 대부분의 분야에서 완전히 다른 소질과 취향을 갖고 있었다. 종목마다 갈랐다. 이건 너, 저건 나, 부엌은 나, 집안 설비는 너, 손쓰는 건 나, 몸쓰는 건 너, 아기 먹이는 건 나, 놀아주는 건 너, 유진이 영어는 나, 수학은 너. 잔돈 모으기는 나, 큰돈 저축은 너. 그렇게 우리는 서로의 영역을 침범하지 않으며 나름대로 효율적으로 살았다.

여행 예약은 그의 종목이었다. 다른 사람을 믿지 못해 맡기지를 못한다. 10여 년 전, 남편의 학회 참가를 빌미로 그의 친구 부부와 학회가 시작되기 전까지 스위스를 여행했다. 떠나기 열흘 전쯤인가, 그쪽 부인이 일정에 대해 내게 몇 가지를 물었다. 그런데 내가 아는 건, 떠나는 날, 돌아오는 날, 그리고 알프스에서 여름 스키를 탈 거라는 세 가지뿐이었다. 그녀는 적지 않게 당황하는 눈치였다. 그게 우리가 살아온 방식이었다. 내가 모으는 여행 정보는 맛있는 음식, 볼만한 곳, 큰 아웃렛, 뭐 그런 것들이었지, 숙소, 렌터카, 지도, 기차노선, 비행기, 이동경로 쪽에는 관심을 갖지 않았다. 분업, 그쪽은 내 분야가 아니니까! 힘들다고 투덜대면서도 신이 나서 꼼꼼하게 잘 챙겨주니, 우린 이태리에서조차 바가지 쓰지 않고 잘 다녔다. 그냥 너무 좋다고 칭찬하는 것으로 내 역할은 끝났다. 따라서 그는 이번에 내가 한 예약에 대해 세세히 알아야만 했다. 혹시 내가 뭘 실수했을까봐 걱정이 돼서? 부모님만 날 못 믿는 건 아니었다! 하지만 난 너무나 잘 다녀왔다. 혼자 생각도 많이 할 수 있었고, 솔직히 말하자면, 그와 함께 갈 때보다 더 알차게 보고, 듣고, 먹고, 즐겁게 쉬었다. 내가 좋아하고 관심 있는 것들로만.

또 하나의 독립 만세!

여보, 그래도 앞으로도 잘 부탁해요~

1장

그럼에도 불구하고, 아테네는 그 이름만으로 이미 신화다! 하지만 아테네를

좋아하느냐고, 아테네의 매력이 뭐냐고 대놓고 내게 묻는다면 난 정말 할 말이 없었다.

물론 문제가 전혀 없는 도시는 어디에도 없다. 그러나 초입부터 숨이 턱턱 막히고,

사람들은 시끄럽고, 물가는 턱없이 비싼데, 이 사람들과 부대끼면서,

심지어 그들이 자랑해 마지않는 국립고고학박물관에서, 먼지 풀풀 날리는

미끄러운 돌산 위 아크로폴리스에서조차, 그것이 상징하는 위대함을 '실제로' '거기서'

느껴보는 게 쉬운 일은 결코 아닌 것 같았다.

그렇게 감동이라곤 없는 와중에서도 아테네는 위대한 도시라고,

이 사람들 대단한 민족이라고, 여전히 철석같이 믿고 있는 내가 스스로도 납득이 안 되었다.

그런데 최근 어떤 이와 레오나르도 다 빈치에 대해 이야기하다가,

아, 이것과 비슷한 이유를 든다면 아테네에서 내가 느낀 이율배반이

조금 설명되지 않을까 하는 생각이 들었다.

안타깝지만 그럼에도 불구하고 위대한 아테네

 중년의 관광객의 눈으로 본 아테네는 아쉬움이 많은 도시였다. 태생이 서울 사람이라 대도시의 문제점들에 충분히 단련된 내게도 공해가 심하고, 좁고, 복잡하고, 무질서하게 느껴졌다. 자연발생적으로 도시가 팽창하다 보니, 어디서는 갑자기 막다른 길이 나타나고, 그 다음 골목은 전혀 예상치 못한 방향으로 아무데로나 이어진다. 그렇지 않아도 구불구불하고 좁은 골목에 차들은 이중으로 주차되어 늘 혼잡하다. 아주 작은 자동차가 대부분이었지만, 자동차 크기를 줄이는 정도만으로 주차 문제나 도로 정체가 해결될 수 있는 수준을 오래 전 넘어선 듯했다. 길 옆 아파트 테라스 난간을 아슬아슬하게 스쳐가는 버스들. 곡예가 따로 없다. 운전사들은 서로 삿대질을 하며 고래고래 목청을 높이고, 아무데서나 경적을 울려댄다. 아, 우리 동네가 참 좋은 동네였구나! 난 그것도 모르고 허구한 날 불평이었구먼…
 그리스가 터키 지배로부터 독립한 후 수도를 아테네로 정했을 때, 아테네는 인구 몇 만의 작은 도시였다고 한다. 따라서 거의 백지 상태에서 건설되었으므로 멋지고 살기 좋은 근대적 대도시의 틀을 갖출 수도 있었다. 하지만 오랜 독립투쟁으로 심신이 피폐해졌었는지, 상상력은 물론이고 안목까지 다 잃어버렸던 게 틀림없는 당시의 그리스 지도자들은 반듯반듯한 넓은 길과 많은 광장과 공원이 있는, 프랑스 파리를 닮은 도시를 만들 수 있었던 절호의 기회를 날려버렸다. 안타깝게도 그들은 쓸데없는 공간과 돈의 낭비라고 비웃으며, 나폴레옹 3세 때 파리의 재건축 도시계획을 디자인한 건축가의 도시설계도를 보란 듯이 퇴짜놓았다! 비전 없는 지도자 덕분에 후손들이 어떤 고생을 겪게 되는지를 잘 보여주는 도시가 아테네였다.

그리고 시내를 돌아다니며 느끼는 아쉬움. 뭔가가 영 채워지지 않는 허한 기분. 아테네의 역사에 대한 내 기대와 환상이 워낙 컸던 탓이었을까? 크기가 반드시 중요한 요소가 아니라는 건 알지만, 서구문화의 요람이라고 불리기에는 유적들의 스케일이 내가 상상했던 것보다 작아서 처음에는 좀 당황스러웠다. 게다가 자꾸 로마와 비교가 되었다. 로마에서는 돌아보는 데마다, 골목 구석마다, 몇천년 전부터 몇백 년 전 것들이 하도 흔하게 '널려' 있어서, 나중엔 웬만하면 그저 데면데면해졌었다. 그에 비해 아테네는 유적의 양이나 질, 내용이 전반적으로 아쉬웠다. 물론 고대 로마의 유적들에 비해 견뎌내야 했던 세월이 몇백 년 더 길었으니, 오래된 흔적이 더 많이 사라지는 게 자연의 순리이기는 하다. 게다가 제국이 망한 이후, 이탈리아 반도 전체는 혼란스러웠지만 로마시는 서로마제국의 수도이며 가톨릭의 중심지라는 국제적으로 중요한 위치를 계속 유지했기 때문에, 유적들에 대해 관심을 가질 여유가 있었을 뿐 아니라 계속 많은 문화유산을 추가해서 오늘날의 로마 모습을 만들었다. 하지만 이리저리 타민족의 지배를 받으며 수차례의 전쟁을 겪은 그리스, 아테네는 그럴 형편이 아니었다. 경제적으로도 그랬지만 정신적으로도 유적이나 문화에 신경 쓸 여유와 안목을 가질 수 있게 된 지 얼마 되지 않았을 것이다. 그러니 내가 느끼는 아쉬움도 어쩌면 당연한 일이었다. 심지어 아크로폴리스의 파르테논 신전이 탄약 저장고로 쓰여도 어쩔 수 없었던 식민지의 피지배자 처지가 아니었던가! 파르테논조차 그런 대접을 받았으니 오지의 다른 유적들이야 말할 필요조차 없을 것 같다.

그럼에도 불구하고, 아테네는 그 이름만으로 이미 신화다! 하지만 아테네를 좋아하느냐고, 아테네의 매력이 뭐냐고 대놓고 내게 묻는다면 난 정말 할 말이 없었다. 물론 문제가 전혀 없는 도시는 어디에도 없다. 그러나 초입부터 숨이 턱턱 막히고, 사람들은 시끄럽고, 물가는 턱없이 비싼데, 이 사람들과 부대끼면서, 심지어 그들이 자랑해 마지않는 국립고고학박물관에서, 먼지 풀풀 날리는 미끄러운 돌산 위 아크로폴리스에서조차, 그것이 상징하는 위대함을 '실제로' '거기서' 느껴보는 게 쉬운 일은 결코 아닌 것 같았다.

그렇게 감동이라곤 없는 와중에서도 아테네는 위대한 도시라고, 이 사람들 대단한 민족이라고, 여전히 철석같이 믿고 있는 내가 스스로도 납득이 안 되었다. 그런데 최근 어떤 이와 레오나르도 다 빈치에 대해 이야기하다가, 아, 이것과 비슷한 이유를 든다면 아테네에서 내가 느낀 이율배반이 조금 설명되지 않을까 하는 생각이 들었다.

아크로폴리스에서 내려다본 아테네.

성가대 입장을 기다리고 있는데 한 대원이 갑자기 자기 핸드폰을 내밀며,

"이거 여자 같아요, 남자 같아요?"

라고 물었다. 워낙 뜬금없는 일이라 돋보기도 없이 일그러진 핸드폰 사진에 겨우 초점을 맞추니, 〈최후의 만찬〉의 한 구석, 사도 요한의 얼굴이었다.

"글쎄요, 꽤 많은 호사가들 사이에서 논쟁이 되고 있는 인물인데

요?"

그는 '어, 아네, 어떻게 알았지?' 하는 표정이었다.

이럴 때는 무슨 잘난 척, 호기를 부리려는 욕구가 나도 모르게 모락모락 올라온다. 참자, 잠시 뜸을 두고 덧붙였다.

"사도 요한… 〈최후의 만찬〉, 레오나르도 다 빈치."

"…다 빈치 좋아하세요?"

아, 잠시 말문이 막혔다. 그런 질문 처음 받아보았다. 도대체 그런 질문이 가능하기나 한 걸까?

"글쎄요, 다 빈치는 좋아하거나 싫어하거나 그런 존재가 아닌 것 같은데…"

그는 내 대답을 이해할 수 없다는 표정이었다. 그러나 몇 번을 다시 생각해 봐도, 더이상 설명할 수는 없을 것 같았다. 누구든 고흐나 폴록을 싫어할 수도 있고, 좋아할 수도 있다. 그러나 레오나르도 다 빈치는 다르다. 보는 관점에 따라 차이가 있겠지만, 내게 그는 호불호를 말할 수 있는 대상이 아니었다. 아니, 좀더 정확히 말하자면, 그런 걸 넘어선 곳에 있는 존재다. 그가 생전에 어떤 잘잘못을 했든, 그의 인격이 어쨌었든, 상관이 없었다. 다빈치는 이미 역사이고, 인류 공통의 문화유산이다. 어떻게 좋아하고 싫어하고, 내가 감히 평가할 수 있으랴! 내가 느끼는 그리스, 그 안에서도 아테네를 결코 지금의 모습만으로 평가해서 무시할 수 없는 이유, 그 존재감을 크게 느끼는 이유도 그 비슷했다.

살아 있는 그리스 미인, 미로의 비너스

현장에 실제로 가보고 나서야, 아하, 그랬구나! 무릎 치게 된 경험
중 하나. 미로의 비너스를 만든 조각가가 생각했던 아름다움이 어
디서 비롯된 것이었는지를 나는 그리스에서 비로소 확인할 수 있
었다.

고대 그리스 미술품의 아름다움은 절대기준에 따른 황금비례에
서 비롯된 것이며, 루브르 박물관에 있는 미로의 비너스는 가장 아
름다운 여성이라면 갖추어야 할 비례대로 만들어진 것이라고 미술
사 책들은 설명한다. 하지만 루브르가 엄청나게 신경 써준 멋진 원
형 전시실 분위기를 제하고 나면, 그 앞에 서서 정말 완벽한 아름다
움이라고 느낄 사람이, 과연 몇이나 될까? 이마에서부터 바로 솟아
난 코는 지나치게 높고, 눈썹과 눈 사이는 왜 그리 붙어 있고, 어깨
는 떡 벌어지고, 몸에 비해 얼굴은 너무 작고, 작은 얼굴에 어울리
지 않게 턱은 후덕하다고 생각하지 않았는지? 그러나 그리스에 와
서 내 눈으로 직접 확인한 이후에 보니, 그리스 본토에서 그리스 여
자들을 직접 본 적이 없다면 미로의 비너스의 아름다움에 대해 도
대체 말을 말아야 되는 거였다.

예술가의 미적 기준은 비례 자체가 아니라, 그 비례의 바탕이 된

어떤 대상에서 비롯된다. 대부분의 경우, 그렇게 높이 평가되는 숫자들은 후대의 비평가들과 미술사가들이 이리저리 재고 맞추어서 정리해 낸 것일 가능성이 크다. 그리고 당연한 말이지만 예술가의 기준은 생뚱맞은 낯선 것으로부터가 아니라, 자기 주변을 세밀히 관찰함으로써 얻어진다. 그렇다면 미로의 비너스도 당대의 미인관을 보여주는 일종의 미인도라고 봐야 한다. 그런데 왜 아름답게 보이지 않을까? '미의 기준이 달라져서'라는 이유밖에 없는 걸까?

하지만 조금 시야를 돌려보면 이야기가 달라진다. 그리스 조각상들은 지금 우리가 보는 희뿌연 대리석 그대로가 아니라, 일부 조각상에 남아 있는 증거로 미루어볼 때, 정성스럽게 채색됐었다. 그렇다면 비너스는 원래 어떻게 칠해졌을까? 그리스 본토보다 더 서남쪽, 중동 지역과 가까운 키프로스 섬에서 태어난 비너스는 절대 창백한 피부, 푸른 눈의 금발이었을 리가 없다. 흔히 서양 미인의 전형으로 여겨지는 서유럽 미인의 이미지와 미로의 비너스를 결부시키게 된 건, 희멀건 대리석 비너스를 보고 내 맘대로 만들어낸 착각이었다. 그리고 후대의 서유럽 화가들이나 조각가들이 창조한 비너스의 이미지는 그들의 관점에서 본 또 다른 미인도이다보니, 그걸 자주 접한 내 머릿속에도 미의 여신이라면 곧 흰 피부에 금발머리, 서유럽인의 해부학적 특징을 떠올리게 되었고, 그 이미지가 대리석의 뿌연 색과 결합해서 미로의 비너스 이미지가 되었던 것 같다. 유전학적으로 보자면 중동 사람인 예수를 떠올릴 때, 창백한 흰 피부의 서유럽인 모습으로 상상하는 것과 비슷한 착각이다.

그러나 미로의 비너스 상에 눈동자와 숱이 많은 눈썹, 머리카락만이라도 진한 브라운으로 칠해 본다면! 즉시 바로 그 얼굴, 아테네 어느 좁은 골목에서 한번쯤 마주친 듯한, 30대 초반의, 예쁘다기보다는 잘생긴, 곱슬곱슬한 갈색 머리를 질끈 묶은, 조그만 얼굴에 키가 크고 어깨는 떡 벌어진, 햇볕에 그을린 건강한 갈색 피부의 코 큰 여자를 만나게 된다. 그녀들은 참 건강하고, 당당하고, 아름다웠다. 비너스를 만든 조각가는 모든 그리스 여자들 중 가장 그리스적이면서, 동시에 있는 그대로보다는 약간 더 아름답고 이상적인 모습으로 비너스를 깎은 거라는 걸 그리스에서 진짜 처음으로 생생하게 배웠다. 고등학교 때부터 비너스 석고상을 그렇게 많이 그렸고 여러번 루브르에서 직접 봤으면서도 그 오랜 시간 동안, 그걸 만든 조각가에게 당대에 유명한 미인이었던 실제 모델이 있었으리라는 생각을 왜 한 번도 못해 본 걸까? 세월이 지나고 경험이 쌓이니 시야가 넓어져서 보이게 된 건가? 이거야말로 현장 학습이고, 직접 겪어봐야 알 수 있는 기쁨이었다.

그리스인들과 직접민주주의의 수수께끼

아크로폴리스 아래, 고대 시장터 아고라 자리가 있다. 그런데 아고라는 그저 시장 기능만 한 게 아니었다. 딱히 할 일이 없었던 아테네 귀족들은 아침이면 으레 장을 보러 나오곤 했는데, 쇼핑이 끝나면 물건은 노예에게 들려 보내고, 자신은 아고라에 남아 다른 시민들과 종일 노닥거리는 게 일이었다. 매일 하는 장보기였으니 그다지 시간이 오래 걸리지 않았을 테고, 나머지 시간들은 소문을 듣고, 정보를 교환하고, 그런 자리에서 절대 빼놓을 수 없는 정치 얘기를 주로 하면서 보냈다. 거기서 직접 민주주의를 했단다. 그런데 그 사람들을 보고 나니 오히려 점점 더 그게 이해되지 않았다. 그들에 대해 깊이 알지 못해서였겠지만 도통 상상이 안 됐다. 이 사람들이? 인본주의가 민주주의의 기본이라고 배웠다. 그런데 인본주의가 뭔가? 다른 사람도 나처럼 소중하게 여기고 타인의 권리를 인정하는 것이 아닌가? 줄 하나 제대로 설 줄도 모르고, 규칙 지키는 대신 자기 사정만 목청 높여 주장하는 이 사람들에게서 너도 한 표, 나도 한 표, 결정되면 다수의 뜻에 수긍하고, 군말 없이 따르는 민주주의 원칙이 나왔다고는 도저히 믿기지 않았다.

그리고 수다! 두바이 공항에서 아테네로 가는 비행기를 기다릴 때, 생전 처음으로 많은 그리스 사람들을 한 자리에서 보게 되었다. 그들에게 둘러싸이자마자, 그 사람들 어찌나 목청도 크고 수다가 시끄러운지, 정신이 나갈 지경이었다. 아테네에서건, 섬에서건, 가는 데마다 그리스인들, 남녀노소를 불문하고, 식당에서, 카페에서, 거리에서 이야기하는 걸 어찌나 좋아하던지! 세 명이 둘러앉으면 그 중 최소한 두 명이 한꺼번에 이야기하는 건 보통이었다. 그러니 목소리가 점점 커질 수밖에. 옆 테이블 사람에 대한 배려란 없었다. 아기들조차 제 소리가 안 들릴까봐 그러는지 정말 큰소리로 울어댔다. 사방이 하도 시끄러워 어떤 일에도 집중할 수가 없었다. 우리나라 아줌마들도 만만치 않게 시끄럽다지만 그에 비할 바가 아니었다. 나이 든 사람의 까탈스러움, 소리에 민감해진 탓으로 돌리기에는 정도가 많이 지나쳤다.

대부분의 경우 민족적 품성은 구석기시대부터 수만 년 동안 형성되는 것이라 잘 변하지 않는다는데 이런 사람들이 어떻게 광장에서 새로운 주장을 '듣는' 게 일상이었다는 말인지! 게다가 토론을 즐겼다고? 토론까지는 아니더라도 최소한 대화가 제대로 되려면, 일단 잘 들을 수 있어야 한다. 그런데 말하기와 듣기를 다 잘하는 사람은 별로 본 적이 없다. 자신이 그런 사람이라고 착각하는 경우는 많이 있지만⋯ 그러니 어떤 대단한 혜안을 가진 독재자가 있어서 '자, 지금부터 이렇게 저렇게 민주주의를 해라'라고 명령을 내린 탓에 시민들이 그걸 따른 것이었을 리도 없고, 어떻게 토론에 기반을 둔 직접민주주의를 했다는 걸까? 그 말하기 좋아하는 사람들 수십, 수백 명이 모여 시끄럽게 목청을 높여 와글와글 떠드는 장면을 상상해 보면! 순식간에 먹살잡이로 변하는 게 오히려 자연스럽지 않았을까? 수십 년 그리스에서 그들과 함께 살다보면 어느날 전혀 뜻밖의 곳에서, 아하, 이래서였구나, 깨달을 수 있을지 몰라도 초행길 이방인의 눈에는 도저히 이해가 안 되는 수수께끼였다.

내 편견 때문일까, 고민을 많이 했다. 그들이 최초로 민주주의라는 시스템을 정치적으로 실천한 건 역사적 사실이 아닌가. 말 많고, 인내심 없고, 경우 없는 사람들에게 치어서, 내가 본 단점들 말고 중요한 무언가를 놓치고 있는 게 아닐까?

내가 선입견, 편견이 유난히 강하고, 치우쳐 있고, 융통성이 없다는 건 이제 더이상 심리검사 안해 봐도 될 만큼 너무 확실하게 안다. 미술치료사, 심리학 공부를 하면서 여러번 나를 상대로 검사들을 했다. 처음엔 결과가 너무 싫었다. 그래서 요령이 생긴 후에는 조금씩 '조작'도 했다. 내가 그런 인간이라니! 나도 포용력 있고 너그러운 사람이기를 얼마나 바랐는데! 속으로는 '애고, 딱 걸렸네' 하면서도 검사 결과를 애써 부인하기도 했었다. 하지만 지금은 확실히 알게 돼서 너무 다행이라고 생각한다. 이제는 내 태도, 반응들을 조금이나마 객관적으로 보려고 노력하고, 결정을 내리기 전에 다르게 볼 수 있는 여지는 없는지, 한번 더 돌아보려고 애쓴다. 물론 잘 안 되지만 점점 좋아지겠지…

정확하게 옮기지는 못하겠지만, 방송에 자주 등장하던 광고 하나, 대충 이렇다.

너무 예쁜 딸아이와 다정하고 지적인 아빠가 숲을 걷고 있다. 아빠가 말한다.

"이 꽃은 애기똥풀이야."

너무 예쁜 딸아이가 까르르 웃는다.

"애기똥?"

이어지는 다정하고 지적인 아빠의 다짐,

"연예인 이름보다 우리 꽃 이름을 더 많이 아는 아이로 키우고 싶습니다."

분위기는 최고다. 나무 사이를 뚫고 비치는 햇빛. 명랑하고 행복해 보이는 두 사람. 달콤한 공기 냄새가 풍긴다.

하지만 그 아빠는 지금 심각한 편견을 아이에게 주입하고 있다. '연예인은 악이고, 자연은 선이다.' 그런 말도 안 되는 이분법이라니! 나 자신, 대중음악은 좋아하면서 애기똥풀은 뭔지 모르는, 그 아빠의 주장에 따르자면 제대로 못 큰 사람이라서가 아니다. 대중음악이야 그렇다 치더라도, 서울 병원에서 나서, 시골 외할머니도 안 계신 집안에, 중3 때부터 아파트에서만 내리 살아온 내가 애기똥풀을 안다면 그게 더 별종 아닌가? (이것도 내 편견?)

연예인도 다른 직업과 같다. 다 좋지도, 다 나쁘지도 않다. 음악이든, 연기든, 그의 매체로 어떤 메시지를 전달하고 어떤 영향력을 미치는가의 여부가 중요하지, 단지 그 대상이 대중이라고 해서 무조건 '악'이 되는 건 절대 아니다. 그건 마치 소설가가 어떤 소설을 써서 어떤 영향력을 미치는가, 기업가가 어떤 사업을 통해 어떻게 돈을 버는가는 다 무시하고 무조건 소설가는 이편, 기업가는 저편,

판단해 버리는 것과 다르지 않다. 앞으로의 시대는 IQ보다는 EQ의 시대라는데, 이분법으로 자란 아이는 적응하기 어려울 것이다. 편견이란 그런 잘못된 교육에서 시작되는 것이고, 융통성 없이 꽉 막힌 고집쟁이가 세상에 또 하나 늘어나게 된다. 지금 있는 고집쟁이들로 충분하고도 넘친다. 제발 더 만들지는 말았으면.

말 많고 점잖지 못한 사람들은 뭔가 훌륭한, 가치 있는 일을 할 수 없다는 것도 내게 심겨진 편견의 일부다. 욕쟁이할머니는 절대 신뢰하지 않고, 내가 가장 어처구니없어 하는 '담배 피우는 요리사' (담배 냄새 밴 입으로 무슨 맛을 볼 수 있을 것이며, 담배 냄새 나는 손으로 무슨 손맛을 내겠느냐고!) 못잖다고 생각한다. 그래서 그런 식당은 아무리 유명하다 해도 가고 싶지 않다. 그러니, 그리스인들을 보고, 겪고 나서, 숭고한 민주주의를 그들과 연결시키는 게 내게 가능할 리가 없었다.

그러던 중, 엉뚱한 힌트를 하나 발견했다. 고대 그리스의 연회. 같이 밥을 나눠 먹는다는 건 예나 지금이나 평화를 의미한다. 게다가 맛있는 음식 앞에서나 배가 부를 때면 누구나 너그러워지기 마련이다. 그리고 수다 떠느라고 그리스인들은 정말 천천히 먹는다. 아테네와 키프로스에서 먹은 그리스 전통 정식, 결코 울긋불긋 장식적이거나 화려하지는 않았지만 천천히, 끝도 없이, 연이어 정직하고 맛깔스러운 음식이 나왔다. 건강한 포만감이란 이런 것이라고 보여주는 그런 식탁이었다. 고대의 연회를 엿볼 수 있었던 만찬, 누구라도 그런 음식을 먹으면서 어떤 나쁜, 이기적인 마음을 먹을 수 없을 것 같은, 민주주의의 탄생을 유추해도 우습지 않을 만한 만찬이었다.

일단 두 가지 빵이 나왔다. 프렌치 바게트에 비해 짧고 굵은 타원형의 이태리 빵과 겉면에 깨를 바른, 조직이 치밀하고 고소한 빵. 버터를 발라 먹거나 소스, 남은 국물에 찍어 먹는다. 접시를 훑어 깨끗하게 해서 내놓는 게 맛있다는 표현이란다. 그리스인들은 그렇게 많이 먹으면서도 코스마다 소스까지 깨끗이 닦아 먹는다.

요구르트 오이 샐러드와 생선알 샐러드.

그리고 다섯 가지 기본 곁들임이 있었다. 먼저 생선알과 삶은 감자를 레몬즙을 넣고 곱게 갈아서 만드는 생선알 샐러드(Tramossalata). 분홍빛의 무스 같은 모양인데 처음 먹어보는 아주 독

올리브와 비트.

특한 맛. 좀 우스운 표현이기는 하지만 정말로 날감자 맛과 비슷했다. 빵에 발라먹는다. 다음은 장아찌처럼 짭짤한 그린 올리브. 그 다음에는 중동 전역에서 즐겨 먹는, 참깨를 곱게 갈아서 만드는 타히니(Tahini). 부드럽고 고소하고 그렇게 느끼하지는 않다. 빵이나 크래커에 발라먹는다. 네 번째로는 자주 보라색이 고운 생 비트. 마지막으로 올리브유와 식초, 소금, 파슬리에 버무린 깔끔한 삶은 감자 샐러드(Patatossalata)가 밑반찬처럼 나왔다.

다음은 아삭한 채소와 토마토, 페타치즈를 뚝뚝 뜯어 얹은 그리스식 샐러드.

케팔로티니(Kefalotyri) 치즈튀김. 우리나라에서 흔히 파는 물컹한 치즈튀김을 생각하면 절대 오산이다. 정말 고소하고 쫄깃하고 풍미 있는 치즈튀김. 맛있다!

레몬을 곁들인 바삭하고 부드러운 한치튀김(Kalamarakia sto Tigani). 오징어보다 작고 연한 한치에 밀가루 튀김옷을 얇게 입혀 높은 온도에서 튀긴다.

아무 양념도 하지 않고 삶아낸 가자미살. 그리스에서 가장 보편적인 맛이면서 동시에 가장 그리스적인 맛의 하나라고 느꼈던 독특한 달걀레몬소스(Avgolemono)를 곁들었다. 생선이나 고기 등 주재료를 끓인 육수에 푼 달걀을 조금씩 넣으면서 잘 저어주고 레몬즙을 섞어 만드는 달걀레몬소스는 어떤 육수를 썼는가에 따라 다양한 음식에 이용할 수 있다. 달게 만들어서 디저트 소스로도 쓸 정도로 그리스에서는 아주 흔한 소스였다.

익숙하지 않은 여러 가지 독한 허브 향이 뒤섞여 쉽사리 먹게 되지 않던 그리스식 소시지는 유일하게 입에 안 맞았다.

다진 소고기와 양파, 허브, 불린 쌀을 섞어 동그랗게 빚은 다음 물에 푹 삶은 완자(Youvarlakia). 완자를 삶은 육수로 만든 달걀레몬소스를 부드러운 완자에 부어 먹는다.

한 입씩 맛만 보려고 애썼지만 이쯤에서 이미 배가 너무 불러 그 다음 나온 음식들은 충분히 즐길 여유가 없었다. 이렇게 서운할 데가! 이제부터가 진짜인데!

피타 고기완자.

쫀득하니 잘 삶은 돼지고기와 흐물흐
물할 정도로 푹 익힌 근대, 그냥 뭉그
러지게 삶아 소금, 후추, 올리브유 조
금으로 무쳤다. 별로 강한 풍미가 없기
때문에 낯설지 않은 맛. 맛있게 먹을
수 있었다. 그런데 너무 푹 삶으니 좀
우거지 냄새가…

필로로 만든 우유파이.

사프란으로 물들여 지은 푸슬푸슬한
쌀밥, 진짜 사프란 향기를 느낀 게 얼마
만인가! 꽃술만 일일이 손으로 따서 말
린 사프란은 단위당 가격이 가장 비싼 향신료란다. 가격이 비싼 대
신 몇 가닥만 물에 담가도 물이 노래진다. 스페인의 철판해물밥 빠
에야와 인도 볶음밥 등의 재료로도 쓰인다.

냄새 하나 안 나고 부드럽게 입에서 녹는 정말 맛있는 삶은 양갈
비, 그 걸쭉한 국물과 사프란 밥을 비벼서 먹었다.

숯불에 구운 돼지고기와 구수하게 잘 구워진 감자, 소금으로만 간
을 해 깔끔했다.

그 다음에야 디저트로 과일, 바클라바(종잇장보다 얇게 민 밀가루
반죽인 필로로 견과류를 싸서 구워 시럽을 뿌린 것), 이스트로 부풀
린 밀가루 반죽을 작은 새알 만하게 빚어 튀겨서 꿀에 절인 꿀과자
(Loukoumades).

그리고 드디어 커피!

뷔페도 아니었는데 이게 다 한 끼에 나왔다! 처음에 나온 다섯 가지 곁들임들과 빵, 샐러드는 끝까지 놓아두는데 그리스 사람들은 부족한지 더 달라기까지 했다. 이걸 다 먹는 그리스 사람들! 게다가 소시지만 빼고 다 내 입에도 맞았고 아주 맛있었다. 전체적으로 원재료의 맛을 최대한 살리고 허브나 양념은 되도록 절제한 인상이었다. 그저 소금, 후추만을 썼다. 소스를 곁들이는 경우라도 부드럽고 순한 맛이어서 원재료의 맛을 해치지 않았다.

그리스의 영향이 짙은 키프로스에서도 이와 비슷하게, 다 열거하기에도 숨찰 만큼 많은 음식이 끊임없이 나와서 많이 놀랐었다. 섬이다보니 키프로스의 한 상은 새우, 문어, 생선 등 해산물이 많았던 점만 다르고 구성이나 조리법이 거의 비슷했다. 소금과 후추를 뿌려 굽거나, 삶거나, 찌거나. 키프로스는 그리스보다 문명이 먼저 발달했던 지역이라 그곳의 음식 문화가 그리스 본토에 전해진 것일 수도 있고, 고대 그리스인들은 그리스어를 쓰는 지역은 다 그리스라고 여겼다니 같은 음식 문화를 가질 수도 있겠지만, 아, 괴로울 정도로 너무 많았다!

세계적으로 인정받는 장수 식단인 그리스 음식은 나무랄 데 없이 좋았다. 그러나 정말 세 시간 넘게 걸리는 데다가 도중에 소화시켜가며 먹는다 해도 절대 다 먹을 수 없는 양이었다. 그런데 계속 나오는 음식들을 앞에 놓고 이미 부른 배를 어쩌지 못해 숨쉬기도 어려워하는 내 옆에서 그리스인들은 큰소리로 떠들며, 껄껄 웃으며, 즐기며, 포도주를 마시며, 진득하게 그걸 깨끗이 다 비우고 있었다!

사흘 굶고 왔나, 원래 위가 큰가, 그들은 지치지 않는 수다로 칼로리를 태우고, 소화를 촉진시키는 놀라운 유전자를 가진 사람들이었다.

서너 시간은 족히 걸렸다는 고대의 연회. 그 덕에 음식 문화가 세련되어졌다는데, 민주주의 역시 연회와 관련이 있지 않았을까? 시장에서 만난 친구와 그냥 안녕, 내일 또 보자, 하고 헤어지지 않고 그 만남이 저녁의 연회로 연결되었다면? 일은 어차피 노예들 몫이고, 솜씨 좋은 요리사 자랑도 할 겸, 이집 저집 돌아가며 모여 낮에 하던 이야기를 자연스레 이어서 하고, 이견 조율도 하고… 우리 동네 아무개랑 옆 동네 아무개도 불러라, 우리 편 만들자. 뒷 동네 아무개는 뭐라더냐? 어디까지나 내 상상에 불과하지만, 민주주의라고 해봐야 서로 모르는 사람이 없을 만큼 몇 안 되는 성인남자 귀족과 자유시민들 사이에서 있었던 일이니 가능성이 전혀 없지는 않았을 것 같다.

파르테논은 넉넉한 아줌마 같아!

아테네 시내 한복판에 아크로폴리스가 있다. 그렇게 높을 줄 몰랐다. '아크로'는 높다는 의미이고 '폴리스'는 도시국가를 뜻한다. 즉 한 도시국가에서 가장 높은 언덕이 아크로폴리스다. 고대 그리스 거의 모든 도시국가들에 아크로폴리스가 있었고, 그 도시의 수호신에게 바쳐진 신전과 요새, 보물 지강고의 역할을 했다. 그러나 이제 다른 도시들의 아크로폴리스는 거의 유명무실해졌고, 아테네의 아크로폴리스를 일컫는 고유명사가 되었다. 도시 한가운데 높은 바위산이 떡 앉았으니 도시계획이나 교통 흐름에 문제가 있을 수밖에 없는 형태다. 평평한 도시에 익숙한 내 눈에는 뜬금없어 보였다. 왜 그런 자리를 잡았을까? 우리나라는 주변이 산으로 둘러싸인 살기 좋은 평지가 도시로 발전한 경우가 많고, 둘레 산에 산성을 쌓아 방어하는 방법을 택한 데 비해, 평지에 불쑥 솟은 높은 언덕에 올라가 방어하는 게 유럽식인 것 같다. 내가 본 오래된 유럽 도시들은 거의 예외 없이 가장 높은 지점에 성을 겸한 왕궁이 있었다. 서울의 예를 들자면 남산 꼭대기 정도? 주변에서 가장 높은 언덕에 성주의 성이 세워지고, 신분에 따라 사람들이 차례로 집을 지은 마을이 그 둘레에 자리 잡으면, 두터운 성벽을 쌓았다. 철저하게 방어를 위한 요새의 개념이다. 아크로폴리스도 같은 의미다. 전쟁이 터지면 시민들은 집을 버리고 아크로폴리스에 올라가 적을 맞았다. 3차 페르시아 전쟁중, 바다로 나가지 않고 아테네에 남은 시민들은 아크로폴리스에서 최후까지 저항하다가 페르시아 군에게 전멸 당했고 아크로폴리스의 모든 것이 파괴되었다.

아크로폴리스 언덕은 꽤 가파른 돌산이다. 산 아래쪽에는 아테네를 상징하는 올리브 나무들이 있지만 몇 걸음만 위로 올라가면 온통 돌뿐이라 나무가 자라지 못해 햇빛을 전혀 가릴 수 없다. 오랜 세월, 사람들의 발밑에, 손길에 닳고 닳아서 아주 반들반들하다. 멀리에서 본 아크로폴리스의 첫 인상은, 하나의 거대한 돌 조각품. 언덕 위로 돌을 날라다 신전을 세운 게 아니라, 미켈란젤로 조각처럼 큰 돌덩이에서 필요 없는 부분을 덜어내 그 안에 원래 있었던 신전을 찾아낸 듯한 느낌을 줄 정도로 돌산과 신전들은 일체감을 갖고 있다.

오늘날에는 위대한 인류의 유산으로 칭송받는 아크로폴리스라지만 그 역사는 참으로 기구하다. AD 6세기에는 이교 금지령으로 기독교 교회가 되었고, 터키 식민 시대에는 모스크로 쓰였다. 하지만 그 와중에도 고대 그리스의 놀라운 건축술 덕분에 외형은 17세기까지 그대로 유지하고 있었다. 그러나 터키와 베니스 사이에 전쟁이 나자 터키 군은 천연의 요새인 아크로폴리스에 진을 쳤고, 파르테논 안에 전쟁에 쓸 폭약을 전부 보관했다. 결국 1687년, 베니스 군의 포탄이 파르테논에 떨어져 그 안의 폭약이 한꺼번에 터졌다. 지붕이 날아갔고, 아크로폴리스 대부분이 파괴되었다. 그리스

건축 기술의 백미는 기둥이고 축대고 간에 돌 사이에 어떤 형태의 시멘트, 즉 접착제도 쓰지 않는다는 점인데, 엄청난 폭발에 그나마 완전히 허물어지지 않을 수 있었던 것은 역설적으로 놀라운 기술력의 증거다. 하지만 그게 끝이 아니었다. 1822년 그리스 독립전쟁 때, 터키 군의 포격으로 또 한번 대파되었고, 설상가상, 1967년, 그리스 군사 쿠데타로 일부가 더 파괴된다. 사람으로 치자면, '너무 오래 살아 별 험한 꼴을 다 당한' 격이다. 남의 나라 식민지였을 때는 어쩔 수 없었다고 치더라도 1967년에! 참, 할 말을 잃게 만든다.

아크로폴리스의 중심 신전 파르테논은 아테네의 수호신, 지혜의 여신 아테나에게 바쳐진 신전이다. 그 안에 모셨던 상아와 금으로 만든 거대한 신상 아테나 파르테노스, 여신의 처녀성을 의미하는 파르테노스에서 파르테논이라는 명칭이 비롯되었다. 고대 그리스에서는 가장 소중한 조각의 얼굴과 손, 발은 인체와 비슷한 느낌을 주는 상아로 만들고 나머지 부분은 금으로, 그리고 눈에는 보석을 박았다. 그 다음 정성을 들이는 조각의 재료가 청동. 지금 우리가 주로 보는 대리석은 상대적으로 격이 떨어지는 재료였다. 그런데 왜 오늘날에는 거의 대리석만 볼 수 있는 걸까? 이런 게 역사의 아이러니다. 금은 시대를 막론하고 값진 보물이었고 녹여서 다른 모양으로 만들기도 쉬웠으니 침입자나 도굴꾼이 우선적으로 노리는 대상. 당연히 쉬 손을 탓을 수밖에 없다. 상아도 예나 지금이나 귀한 재료인데, 상아의 문제는 유기물이라 쉽게 산화되어서 제모습을 유지하기 어렵다는 것. 그렇다보니 지금은 거의 사라졌고 그나

파르테논(측면).

마 부스러지지 않고 남아 있는 상아 부분들은 완전히 검게 변했다.
청동의 경우는 가장 쓰리고 안타깝다. 청동 조각품들은 전쟁이 나
면 우선 징발되어서 녹여져 무기가 되고 말았다. 지금 남아 있다면
상상도 할 수 없을 만큼 엄청난 가치가 있는 작품들이었을 텐데 하
필 사람을 죽이는 무기가 되어 사라지다니!

　뽀얀 상아와 금, 보석으로 장식한 조각상이 가득 찬 파르테논이
라! 게다가 당시의 조각상이나 건축도 모두 채색되었으므로 참으
로 화려했을 것이다. 하지만 울긋불긋 요란했으리라고는 생각하지
않는다. 상상조차 불가능하지만, 그토록 품위 있는 건물과 프리즈
(기둥 위, 가로 들보), 박공(건물 전후면 프리즈 위의 삼각형 부분)의
대리석 조각을 만든 심미안이라면 채색 역시 그 수준에 맞게 우아

하고 아름답고 장중했을 테니까.

파르테논은 도리아식과 이오니아식이 어우러진 건물이다. 파르테논이라면 가장 먼저 떠오르는 안정된 비례의 박공과 홈을 판 배흘림기둥은 단순한 도리아식. 안쪽은 보다 장식적인 이오니아식이다. 그리스에 남아 있는 신전들 가운데 파르테논이 단연 돋보이는 이유는 다른 신전들에 비해 더 오래 되어서도, 크기가 커서도, 건축 기술이 특별해서도 아닌 것 같다. 그런 예들은 다른 곳에서도 볼 수 있었다. 하지만 모든 건축 요소간의 비율이 딱 적당해서일까? 느낌이 확실히 달랐다. 파르테논 신전은 남성적인 도리아식을 기본으로 해서 지어진 건물이지만 우아하고 편안하고 부드럽게 느껴졌고, 웅장한 기둥과 압도적인 크기에도 불구하고 걸코 위압적이지 않았다. 대영박물관 파르테논 조각상들 앞에서 느꼈던 '다 품어줄 듯한' 넉넉한 힘이 거기에도 있었다.

대표적인 도리아식 신전인 아테네 남쪽, 수미온 곳의 포세이돈 신전은 비록 남아 있는 부분이 많지는 않았지만 얼핏 보기에도 아주 강한 느낌이었다. 힘이 있고 장대하면서 동시에 위압적이고 배타적인 느낌이라 억세고, 거칠고, 화를 잘 낸다는 바다의 신 포세이돈과 잘 어울렸다. 신에 대한 두려움과 공포를 일으켜 그를 경배하게 하는 게 목적이었다면 아주 성공적인 건축이었을 것이다. 하지만 파르테논은 힘이 있으면서도 부드럽고, 장중하면서도 우아했다. 제우스의 머리에서 태어났다는 지혜의 여신 아테나의 강하면서도 현명한 이미지가 연상되니, 파르테논을 파르테논 되게 한 진정한 힘이 어디에서 비롯되었는지 알 수 있었다.

파르테논의 인상을 내 언어로 바꾼다면, 한마디로 아주 좋은 아줌마다. 나이 탓에 그렇게 느껴진 걸까? 겉으로는 강인하지만 속내는 부드러운, 화장기 없고, 몸통이 굵고, 대지에 두 발을 굳게 디디고 선, 절대 젊은 여성에게서는 기대할 수 없는, 현명하고 푸근한 아줌마 그대로였다. 파르테논의 주신 아테나 여신의 이미지도 역시 현명하고 건강하고 강인한 아줌마지, 간들간들하고 남자나 유혹하러 다니는 철딱서니 없는 여신이 아니다. 아줌마라는 말에 따라다니는 부정적인 이미지, '지하철에서 빈자리를 향해 가방을 날리는, 수다스럽고, 경우 없고, 교양 없는, 촌스러운' 그런 아줌마만 겪어본 사람은 공감하기 어렵겠지만, 세상에는 파르테논의 느낌처럼 훌륭한 아줌마들이 많이 있다. 화려하고 말 많은 곳들이나 정치판보다는 시장, 생활의 현장에서 찾을 수 있는 아줌마, 평소에는 잘 참고 있어 눈에 안 띄지만 꼭 싸워야 할 때는 누구보다 강한 그런 아줌마. 나 자신도 절대 그런 아줌마는 못된다. 까칠하고 기운도 딸리고…

사실 우리말의 '아줌마, 아주머니'란 결코 나쁜 의미가 아니다. 이상하게 왜곡되어서 원래 이미지와는 전혀 다른 느낌을 얻은 말인데, 따라서 대신 쓸 말이 필요하다보니 사모님 내지는 어머님이 아무데서나 쓰인다. 생전 처음 보는 40대 부동산 직원도 내게 어머님이란다. 이건 또 무슨 황당한 경우! 차라리 아주머니가 낫지. '언니'도 마찬가지다. 한국어를 배우는 외국인들은 한국어로 식당 종업원이 '언니'인 줄 알까 걱정이다. 아줌마, 아주머니가 원래의 격을 찾을 수 있었으면 좋으련만, 언어라는 게 일단 길을 잡으면 돌이

키기 어려운 거라 참 안타까운 일이다. 그래도 옛날 말에 더 익숙한 내게 '아줌마'는 여전히 긍정적인 이미지가 더 많다.

파르테논은 내가 동경하는 이상적인 아줌마 모습과 꼭 닮았다. 그리고 그 모습은 이미 성별을 뛰어넘어, 내가 기대하는 '한 사람'의 이미지이기도 하다. 드물게 그런 특성을 가진 남자들도 볼 수 있다. 남성성과 여성성의 결합은 오늘날 많은 분야에서 중요한 화두다. 나는 그게 가능해지는 나이가 바로 50대라고 생각한다. 여성에게는 남성 호르몬이 나오고 남성에게는 여성 호르몬이 나오는 나이, 그러니까 생리적으로 남성성과 여성성을 동시에 지닐 수 있게 되는 나이다. 만일 신체적으로만이 아니라 정신적으로도 남성성과 여성성을 균형 있고 바람직하게 발휘할 수 있다면, 그런 인물이야말로 참으로 바람직한 리더상이다. 아무리 작은 그룹이라도 그 그룹의 성격을 규정하는 건 리더다. 가정의 부모, 기도 모임이나 공동체의 회장, 학교의 반장, 담임, 교장, 교회의 목사, 절의 주지 스님… 나라의 최고 지도자에 이르기까지, 지도자에 따라 전체의 분위기와 흐름이 바뀌는 것을 종종 본다. 한 인물의 중요성을 강조하는 의미에서 나는 영웅을 믿는다. 역사는 어쩌면 영웅들의 역사다. 나 자신은 늘 제3자이고 싶은 비겁한 사람이지만, 그래도 누군가, 좀 잘해 주기를 바라면서 영웅을 기대한다. 현대 사회가 너무 복잡해졌다고는 해도, '한 사람'의 중요성과 무게를 자주 실감하니까. 그에게 책임을 다 미루려고… 내가 기대하는 인물의 성격과 파르테논의 이미지가 잘 맞아떨어진다. 유네스코가 세계문화유산 1호로 지정하고, 여기저기서 파르테논을 고결한 정신과 문화의 상징으로 드는 데는 다 이유가 있었다.

엘긴 마블, 터키 주재 영국 대사였던 엘긴 경이 실어 내가서 종내에는 영국 정부 소유가 된 파르테논의 조각상들. 대영박물관에서 처음 그들을 보았던 날의 감동을 어떻게 잊을까! 이전에 보았던 미술품, 만화, 영화, 책의 삽화 등에 등장하는 그리스의 신들 이미지와는 아주 다른 느낌이었다. 내가 알던 그리스 신들은 뭐랄까, 남신은 강하지만 얍삽한데다 여자 꽁무니나 쫓아다니고, 여신은 가녀리고 아름답지만 경박하고 잘 삐치는, 그런 희화화된 인상이 주였다. 하지만 파르테논의 신상들, 그 장중함, 위엄, 당당함. 과한 부분이라곤 찾아볼 수 없는 절제미, 신상이라는 설명이 없어도 곧 신상임을 알아볼 수 있는 꽉 찬 존재감. 그러나 결코 위압적이지 않았다. 그들은 슬로우 비디오로 천천히 움직이는 듯, 품위 있고, 우아하고, 점잖고, 침착했다. 신전 건물 앞뒷면 기둥 위의 박공을 채웠던 신상들. 신화의 내용이나 그 신상이 어떤 신의 모습을 나타낸 것인지는 문제가 안 되었다. 기술의 완벽함이나 조형적 완성도까지도 하찮은 것으로 여겨지게 만드는 절대적 아름다움이 그들에게 있었다. 그러면서도 너무나 따뜻하고 넉넉해서 상대를 끌어들이는 부드러운 힘을 갖고 있었다. 마치 5월의 미풍이 지나가는 듯, 비록 머리는 잘려나가고 없었지만 난 그들이 자애로운 미소를 짓고 있다는 걸 알 수 있었다. 그들은 자비로운 신들이었다. 당장이라도 일어나 나를 부드럽게 들어올려 쓰다듬어 줄 것 같았다. 카리스마란 바로 이런 걸 두고 하는 말이었다. 머리와 손발을 잃어버리고, 원래의 제자리에도 머물러 있지 못한 일부만 봐도 저 정도인데, 안팎이 신상으로 가득 찼었다는 파르테논은 원래 어떤 모습이었을지, 결코 상상불가!

대영박물관 파르테논의 조각상들은 원래 눈높이에서 보이도록 계획된 게 아니었다. 계단 위에 기둥받침이 있고, 그 위에 기둥이 세워지고, 기둥들 위에 프리즈, 그 위가 박공이다. 그러니 그 높은 곳에 있던 조각들, 파르테논 신전 앞에 서서 위를 올려다보면 까마득히 높은데, 드나드는 사람들 눈에 디테일이 보였을 리가 없다. 그런 곳의 조각상도 그토록 아름답고 정성스럽게 만들었으니 신전 안을 가득 채웠었다는 신상들은 더욱 대단했을 것이다. 어쩌면 공중으로 드나드는 신들의 눈높이에 맞추느라 높은 곳에 디욱 정성을 쏟았으려나?

나는 파르테논 신상들을 통해 그리스의 신들을 새롭게 만났다. 이전까지 내게 익숙했던 그리스 신의 이미지는 인간적인 면을 강조하느라 상대적으로 신성이 약화된 것이었음을 알게 되었다. 물론 인간적인 신이라는 개념은 고대 그리스인들이 이룬 최고의 혁신이었다. 유일신 개념을 가졌던 유대 민족을 제외하고는, 이집트, 메소포타미아 등 그리스에 앞서서 문명을 일으킨 모든 주변의 민족들이 태양이나 달, 불, 물, 대지, 소, 부엉이, 뱀 등을 신성시했다. '신'이 어떻게 허접한 '인간' 따위와 비슷할 수가 있으랴! 반은 사자고 반은 독수리인 괴물처럼, 상상으로 여러 가지 잡종까지 만들어내서 신앙의 대상으로 삼았다. 그러나 그리스인들은 자신들보다 '그저 조금 잘난' 존재를 신으로 삼았다. 그리스의 신들은 영원한 생명과 특별한 능력을 가졌지만, 모습뿐 아니라 성품이나 약점까지도 지극히 인간적이었고, 그들의 생활은 인간세계와 밀접하게 엉켜 있었다. 무신론이 낯설지 않은 요즘에야 그까짓 것 별것도 아니라고 할 수도 있겠지만, 모두가 전혀 다른 개념의 신을 절대시하는 와중에 사고의 일대 전환을 한 건 정말 놀라운 일이다. 그것도 두려움이 따라다니는 신앙 문제에서! 신관이 달라진 덕에 그들은 인간과 사물에 대해 새로운 방향에서 접근할 수 있었고, 인간을 소중히 여기는 인본주의적 자세로 예술과 과학, 제도 등을 발전시켰다. 그리고 그렇게 탄생한 헬레니즘이 서양 문명의 기초를 놓았다. 그렇다보니 신이지만 지극히 인간적이라는 점이 그리스 문명의 특징을 홍보하기에 더 적절했고, 상대적으로 신성은 되도록 드러나지 않도록 했던 것 같다. 그러나 파르테논 신상들을 보고 분명히 느낄 수 있었다. 고대 그리스인들에게 신은 '가장 뛰어난 인간 플러스 알파' 정도가 아니라 절대적이고 강한, 인간의 운명은 물론, 자연의 흐름조차 순식간에 뒤집어놓을 수 있는 '진짜' 신이었다. 그만한 '격'이 그들에게는 있었다.

어쨌든 신관이 바뀐 덕분에 그리스에서 인간은 새로운 지위를 얻었다. 이집트나 메소포타미아에서의 신과 인간의 관계와 비교한다면 신과의 간격이 많이 줄어든, 훨씬 소중한 존재로 올라섰다. 그리스인들에게는 인간이 보다 중요해졌으므로, 인간을 대상으로, 인간을 위해 실질적, 실증적 문명을 만들어낼 수 있었고, 자신들 각자가 다 소중하니까 민주주의를 하게 된 게 아니었을까? 만일 그들이 그렇게 생각을 바꾸지 않았더라면 오늘날의 서구문명이 어떤 모양을 하고 있을까?

이 돌 하나도 누가 밟은 건지 아느냐고, 그리스인들이 조상들과 그들이 이루어낸 문명에 갖고 있는 자부심은 대단했다. 하긴 당연히 그렇게 대접받을 만한 조상이기도 하다. 그래, 좋겠다, 조상 잘 둬서 그걸로 대대손손 먹고 사니! 웬만한 다국적 기업 몇 개보다 훨씬 나은 장사인 게 틀림없다.

델포이

  고대 그리스에서 가장 의미 있었던 장소 중의 하나가 델포이의 아폴론 신전이다. 아테네에서 자동차로 두어 시간 걸리는 산 속, 가파른 돌산 7부 능선에 있다. 기원전 2000년경부터 대지의 여신 가이아를 모시던 신성한 곳이었는데, 기원전 9세기에 아폴론 신이 차지했고, 이후 그리스와 주변 국가들의 종교 중심지이자 국고 창고 역할까지 한 곳이다. 신탁을 받기 위해 모여드는 사람들에게서 나오는 엄청난 수입과 동맹을 맺은 도시국가들이 적립한 공동자금을 보관했던 보물 창고가 상당히 온전한 형태로 남아 있다. 이 보물 창고 때문에 델포이는 수세기에 걸쳐 숱한 약탈을 당했다. 역사의 중심이 로마로 옮겨간 후 점차로 쇠락해 애정 운이나 봐주다가 AD 4세기에 기독교가 국교가 되면서 폐허로 변했다. 오랜 세월 초라한 마을 밑에 묻혀 있던 델포이는 1892년 시작된 발굴로 다시 햇빛을 보았다.

  까마득한 선사시대부터 델포이가 종교적으로 특별한 곳이 될 수 있었던 이유 중 하나는 지하에서 분출되는 가스였다. 이 신성한 가스에 취한 여사제, 피티아가 전하는 신탁을 제사관이 번역해 주었다. 실제로 가스가 나왔던 구멍이 발견되어, 피티아가 마약을 사용

델포이 아폴론 신전.

했을 것이라는 추측이나, 모든 게 사기였다는 주장이 설 자리를 잃었다. 하지만 가스에 취해 하는 웅얼거리는 예언이 무슨 소리인지 알아들을 수 없기도 했거니와, 그 말을 번역하는 막강한 영향력을 가진 제사관이 선문답 같은 모호한 표현을 썼기 때문에 코에 걸면 코걸이 귀에 걸면 귀걸이, 해석에 따라 맞을 수도 있고 틀릴 수도 있는 신탁이었다. 한 예로, 마지막 페르시아 전쟁 당시 아테네가 받은 신탁은 '난공불락의 나무 성채에 의지하라'였다. 당시 아테네의

지도자였던 테미스토클레스는 이 신탁을 나무로 만든 배로 공격을 막으라는 것으로 해석해 아테네를 포기하고 살라미스로 가서 해전을 벌였고, 크게 이겼다. 그러나 일부 아테네 시민들은 같은 신탁을 아크로폴리스를 둘러싸고 있던 가시나무로 해석하고 아크로폴리스에 모여 있다가 페르시아 군에게 전멸 당했다. 델포이의 신탁이 어떤 형태였는지를 잘 말해 주는 역사다. 게다가 절대권력은 부패하기 마련이라, 제사관이 뇌물을 받고 신탁을 받는 사람의 입맛에 맞게 적당히 각색해 주기도 했단다. 사람 사는 일은 왜 어디나 이렇게 똑 같은지.

그리스와 그리스의 영향력 아래 있던 주변 국가들의 지도자들과 영웅들이 미래를 알고자 델포이에 왔었다. 그들이 들었던 신탁이 그들의 운명에 어떤 영향을 주었을까… 전해 오는 이야기 중에는 오이디푸스와 소크라테스도 있다.

오이디푸스는 델포이에서 아버지를 죽이고 어머니와 결혼하게 되리라는 신탁을 들었다. 얼마나 황당했을까? 사실 그는 비슷한 예언 때문에 갓난아이 때 버려졌었지만 그 사실을 모르고 있었다. 신탁을 들은 후, 오이디푸스는 운명을 피해 보려고 원래 가려던 길 반대 방향으로 떠났다. 그러나 오히려 그곳에서 자신의 비극적인 운명과 만났고, 결국 신탁은 그대로 이루어졌다. 흔히 말하는 운명의 장난. 기왕에 알려주려면 피할 방법까지 제대로 말해 줬어야지! 신탁의 한계였지만 그런 사례 덕에 오히려 델포이의 신뢰성이 높아졌을 것이다.

진짜 바꿀 수 없는 운명이 있는 걸까? '아이고, 내 팔자야'가 맞는 말일까? 그럼 아예 애쓰고 살아볼 필요도 없다는 이야기인지… 한참 기막힌 일을 당한 사람에게 위로랍시고, '그저 팔자려니 해라'하는 사람들. 어쩌면 그리 잔인할 수가… 게다가 만일 가해자 입에서 그런 말이 나온다면! '다 네 팔자 탓이니까 내 잘못도 아니고, 네가 억울해할 일도 없다. 그냥 당해라'는 뜻인데! 운명론보다는 차라리 선행을 쌓으면 더 좋은 모습으로 태어난다는 윤회설이 낫다. 윤회설도 평생 긴장을 풀 수 없는 엄청난 의지, 절제와 노력이 필요한 일이라, 인간을 사랑하는 신이라면 도저히 요구할 수 없을 것 같은 조건을 걸고 있기는 하지만, 성공 확률이 워낙 낮아서 그렇지, 최소한의 희망이라도 있는 기잖아? 게다가 오이디푸스처럼 반대로 갔음에도 피할 수 없는 게 운명이라면 미리 알아서 무엇 하리! 그가 미래에 완벽하게 대비해 보겠답시고 신탁에 의지하지 않았다면 원래 가려고 했던 방향으로 갔을 것이고, 결과는 달라졌을지도 모른다. 신탁을 청하는 것 자체가 그의 운명, 팔자였을까?

델포이에서 발굴된 기둥과 벽들에는 수세기 동안 고대의 방문자들과 주민들이 남긴 낙서들이 곳곳에 새겨져 있다. 낙서답게, 사랑 이야기도 있고, 화장실 낙서 수준의 농담도 있단다. 그 중 하나, '너 자신을 알라.' 소크라테스는 신전 한 기둥에 새겨진 이 낙서를 보고 무릎을 쳤다. 물론 그의 절대명제 '너 자신을 알라'는 단순히 모방이었다기보다는 평소에 그가 생각하고 있던 문제를 명확히 정리해 준 표현을 그곳에서 만난 것이었다고 생각한다. 그 낙서를 보앉을 수많은 현자들 중 누구도 소크라테스처럼 그 말에 가치를 두지 않았다. 오직 소크라테스만 거기 반응했고, 그 개념을 승화시켜 인류에게 위대한 유산으로 남겼다.

준비되지 않은 자는 기회가 와도 그게 기회였는지조차 모른다. 사실 인생 살면서 단 한 번도 기회가 주어지지 않는 사람은 없다. 그러나 왜 내게는 기회가 오지 않는지, 내 인생은 왜 이리 불운한지, 푸념하게 될까? 기회가 없었던 것은 기회를 알아보지 못했기 때문이다. 몰랐는데 잡을 수 있었을 리 만무하고, 그 기회를 통해 무언가를 이룰 수도 없다. 기회는 결코 운이 아니다. 붙잡을 수 있고, 그 일을 해낼 준비를 착실히 해온 사람에게만 의미가 있다. 충분히 준비가 되어 있었던 소크라테스는 기회를 놓치지 않았다.

델포이 유적 바로 옆에 그곳에서 출토된 유물들을 모아놓은 작은 박물관이 있다. 유적의 분위기를 거스르지 않도록, 단정하고 현대적인 디자인으로 경사를 잘 이용해 지어진 델포이 박물관은 규모에 비해 내용이 알찬, 야무진 박물관이다.

유적지 바로 옆에 그곳에서 나온 유물들을 보존하는 박물관을 짓는 건 정말 바람직한 일이다. 사실 유적, 그 단어 자체가 이미 남은 흔적, 쓸쓸함과 허무함과 회한을 동반한다. 쓰러진 기둥과 무너진 담벼락, 돌무더기 사이에 제멋대로 자라는 잡초. 파르테논조차도 한때의 영화를 희미하게 기억하는 파괴된 잔해일 뿐이니까. 거기는 생명력이나 활기는커녕 환상도 꿈도, 여기서 몇천 년 전에 정말 사람들이 제사지내고, 사랑하고, 싸우고, 태어나고 죽었다는 느

델포이 박물관, 은으로 만든 소.

낌은 없다. 여기 살던 사람들은 다 어디로 갔나. 결국 이렇게 될 걸
뭐 그리 아글타글 살았나! 그들의 웃음소리와 음악으로 채워졌던
회랑들… 자신들이 만들어 놓은 자취를 보겠다고 전세계 사람들이
밀려오는 것을 어떻게 생각할까? 나이 들면서 점점 강해지는 생각
인데, 유적이 주는 최고의 교훈은 결국 종말론이었다. '헛되고도
헛되도다.' 그러니 어쩌나, 뭘 위해 열심히 살아야 하나, 어떻게 살
아야 하나, 그런 생각을 하지 않을 수 없다. 사실 그 때문에 유적지
관광은 별로 즐겁지가 않다. 이것들도 언젠가는 결국 다 사라지겠
지… 그들은 다 어디로 갔나… 우리 시대의 최고 작품들도 언젠가
는…

　인간이 만든 것은 물론 자연조차, 이 세상엔 무한한 것이라고는

없다는 사실은 바꿀 수 없는 진리다. 결국 사라진다. 그러나 아주 사라지는 것은 아니라고 믿고 싶다. 순환이나 전승이라는 개념에 기댈 수 있지 않을까?

남대문이 불탔을 때, 인간의 한심함에 억장이 무너졌었다. 하도 기가 차, 며칠 동안 먹먹하고 식욕까지 가셨다. 그런데 마음이 좀 가라앉자, 옐로우스톤 국립공원의 화재가 기억났다. 10 수년 전, 옐로우스톤 국립공원에 큰 산불이 나서 그 광대한 숲이 홀랑 타버렸다. 마침 미국에 있었는데, TV에서 몇 날 며칠 계속되는 불을 거의 생중계하다시피 했다. 인간이 어찌나 무력하던지, 기가 막혔다. 그런데 미국학자들과 공원 관계자들, 당국의 대응 자세는 참 낯설었고, 정말 신선했고, 내게 큰 깨달음을 주었다. 불이 나자, 그들은 일단 진화에 최선을 다했다. 인간이 동원할 수 있는 최고의 기술과 노력을 아낌없이 퍼부었다. 그러나 불은 꺼지지 않았다. 그런데 절대 꺼지지 않을 것 같았던 산불이 어느날부터 서서히 '자연스럽게' 사그라져 인간에게 잡혔다. 거기까지는 별 차이를 못 느꼈지만 그 다음부터가 전혀 예상 밖이었다. 미국의 전문가들은 그만한 규모의 산불은 자연 순환의 일부라고 설명했다. 발화원인이 어디에 있었든, 그 정도 규모로 확산되는 것은 자연이 알맞은 조건을 갖고 있을 때만 가능하다고 했다. 나무들이 너무 크고 빽빽하게 잘 자라 그렇게 큰 숲을 이루고 나면, 바싹 붙은 가지들이 부딪히는 마찰로 불이 날 수밖에 없단다. 따라서 인위적으로 불타버린 나무들을 치우고 조림을 할 생각도 전혀 없다고 말했다. 자연은 죽은 게 아니라 재 속에서 순환을 계속할 거라고. 숲이 완전히 회복되려면 몇백 년 걸리겠지만, 그대로 두는 게 '자연스러운' 거라고 했다. 아, 맞다, 그렇게 볼 수도 있겠구나! 사고의 여유로움, 안목의 스케일이 그 정도는 돼야지! 세상과 인생을 보는 새로운 시각을 배웠다.

델포이를 건설한 사람들은 그들이 만든 것들이 최선이고, 영원하리라고 믿으며, 가능한 한 크고 화려하게 만들려 했을 것이다. 델포이와 파르테논은 물론, 피라미드나 장제전, 예루살렘 성전, 초석만 남은 궁전들을 지은 권력자들이 몇천 년 후 이렇게 되리라는 걸 알았어도 똑같이 했을까? 무엇을 남기면 좋을까, 무엇을 남길 수 있을까, 유형보다는 무형, 정신, 전승의 가치를 크게 느꼈다.

유적지를 돌아보고 난 뒤 느끼게 되는 밋밋함과 안타까움을 어느 정도라도 달래줄 수 있는 곳이 델포이 박물관 같은 알뜰하고 야무진 박물관이다. 방금 지나온 폐허에서 출토된 보물들을 찬찬히 즐기노라면 조금씩이나마 그 유물의 실제 주인들을 만나게 되고, 쓸쓸한 마음이 서서히 줄어든다. 아크로폴리스에서 가장 아쉬웠던 점도 바로 그것이었다. 이제 박물관 건물은 파르테논 신전 바로 옆에 잘 지어놓았지만 그 안에 있어야 할 오리지널들은 런던에 있고 복제품으로 채워져 있으니!

델포이 박물관에서 얻은 최고의 수확은 청동마부상. 아름답다거나 멋지다는 표현만으로는 감당이 안 된다. 그는 시공을 초월해 살아 있었다! 최고의 예술품은 정말로 생명력을 잃지 않는구나!

기원전 470년 델포이에서 열린 피티아 경기(올림픽처럼 4년마다

델포이 박물관, 청동 마부상.

청동 마부상 나머지 부분, 복원도.

한 번, 전국 규모로 열린 권위 있는 경기였다. 델포이 꼭대기에 있는 고즈넉한 운동장에서 열렸다) 4두2륜 전차(말 네 마리가 끄는 두 바퀴 전차) 경기에서 우승한 기념으로 아폴론 신에게 봉헌된 실물 크기의 청동인물상. 그가 타고 있는 전차와 말의 일부가 함께 발굴되었다. 고대 그리스 청동상의 대표작 중 하나로 미술사 책의 도판만으로도 깊은 인상을 받은 작품이었는데, 실제로 보니 정말 말문이 막혔다. 엄격양식의 전형적 스타일. 단정하게 고삐를 잡고 선 젊은이가 영원을 보고 있었다. 그의 눈동자와 홍채, 흰자위, 속눈썹까지 고스란히 남아, 잘생긴, 우수에 찬, 여성적이고 단아한 그의 표정을 더욱 신비롭게 만들었다. 움직이는 전차 위에 선 그의 머리털 하나, 옷자락 하나, 눈썹 하나조차 바람에 날리지 않는다. 전혀 아무런 운동감도 없는 그의 시선은 아무데도 닿지 않는다. 그는 거친 숨을 몰아쉬지도 않고, 땀을 흘리지도 않고, 심지어 승리를 기뻐하지도 않는다. 엄격양식의 그런 비현실성이 그를 이 세상에 속하지 않는 초현실적 존재로 만들었고, 현실감 있는 존재가 아니므로 오히려 시공을 초월한, 즉 시대와 무관한 생명력을 지닐 수 있게 해주었다. 게다가 엄격양식의 작품들이 대부분 우아하기는 하지만 딱딱하게 굳어 있거나 힘이 부족한데, 청동마부상에는 그런 약점이 전혀 없다. 로댕의 발자크 상을 이야기할 때 흔히 거론되는 '정신적인 축'이 그에게도 있었다. 발목까지 옷으로 가려져 팔 외에는 근육 하나 드러나 보이지 않아 일견 나약해 보이는 그는, 손가락 끝까지, 발가락 끝까지, 온몸에 잘 조율된 바이올린 줄 같은 팽팽한 긴장감을 완벽하게 유지하고 있다. 그를 만든 조각가는 틀림없이 잘 단련된 날씬한 몸을 먼저 만들고, 그 위에 옷을 입혔을 것이다.

고대 그리스 청동상은 만들기가 아주 까다로웠다. 흙으로 형태를 빚어 그 위에 밀랍을 고르게 입힌 후, 다시 흙을 붙여 굳힌다. 정수리와 발밑에 구멍을 뚫고 위아래를 거꾸로 뒤집어 세워 발바닥의 구멍으로 끓는 청동을 붓는다. 뜨거운 청동을 만난 밀랍이 녹아 흘러나간 자리는 청동으로 대신 채워지고, 완전히 식힌 다음 안팎의 흙을 제거하면 청동상이 완성된다. 청동의 온도, 밀랍의 두께, 시간 등이 아주 중요한 요소다. 되도록 간단하게 이야기했지만 이 정도의 짧은 설명만으로도 충분히 복잡하고 까다로워 보이는 작업인데, 고대의 청동상 제조 비법이 후대로 전해지지 않아서 정확한 온도 등 결정적인 부분들은 알 수 없다고 한다. 그런 어려운 과정을 거치면서도 아름다움과 힘을 잃지 않은 선수의 모습을 과장 없이 빚어낸 조각가의 솜씨가 경이롭다.

　가슴 떨리게 하는 살아 있는 고대 그리스인을 만날 수 있었으니, 참 고마운 박물관이다. 어떤 그리스 국립고고학박물관의 소장품보다 감동적이었다. 그리고 오랜 세월, 땅속에 묻혀 있던 덕에 다른 대부분의 청동상들처럼 무기가 되어 사라지지 않은 그의 운명에 더욱 감사했다.

바울의 바위

　바울의 아덴(아테네) 전도를 통해 헬라 문명은 갓 태어난 기독교
와 만난다.

　아크로폴리스로 올라가다 보면 언덕 중턱에 큼직한 바위 하나가
있다. 아레이고스 파고스, 아레스의 언덕이라는 의미로, 자기 딸을
욕보인 자를 죽인 전쟁의 신 아레스를 신들이 재판한 장소였다는
전설을 가진 바위인데, 거기가 바로 바울이 '아덴'에서 '모든 아덴
사람과 거기서 나그네 된 외국인들이 가장 새로운 것을 말하고 듣
는 것 이외에는 달리 시간을 쓰지 않음'을 보고 '아레오바고 가운
데 서서' 강론한 곳이다. 얼핏 보기에도 울퉁불퉁하고, 한 쪽은 뚝
떨어지는 낭떠러지라, 도대체 어디 서서 어느 쪽을 향해 이야기했
다는 건지, 듣는 사람들은 몇이나 있었기에 어디에 자리 잡고 그의
말을 들었다는 건지, 그 장면이 잘 그려지지 않았다.

　강론을 했다지만 사실은 아테네의 지도층이 어떤 외국인이 시정
에서 색다른 주장을 하고 다닌다는 소문을 듣고, 그것이 어떤 주장
인지, 혹 시민들에게 해가 되는 것은 아닌지, 알아보고 죄가 있다면
적절히 대처하기 위해 소환한 것이었다. 그러나 바울의 입장에서
는, 이전에 시장이나 거리에서 전도하며 만났던 사람들에 비해 수

준이 높고 영향력이 강한, 전도할 기회 얻기를 소원하던 사람들을 한 자리에 모아놓고 이야기를 할 기회를 얻은 것이었으니, 바라던 바, 그야말로 생각지도 못한 '돗자리를 깔아준' 셈이었다. 그의 변론을 보면 그 자리에 나가기 전 얼마나 고심해서 준비를 했는가를 알 수 있다. 그러나 바울의 아테네 전도는 결과적으로 실패였다. 그가 헬라 철학에도 통달한 지식인이었다보니 자신의 지식에만 의지해 아테네 시민들을 설득하려고 했기 때문에 결과가 좋지 않았다고 신학자들은 말한다. 하지만 아레이고스 파고스를 보고 나니, 우선 장소가 문제였다는 생각이 들었다. 확성기가 있었던 것도 아니고, 극장처럼 소리가 잘 들릴 수 있도록 설계된 곳도 아니고, 서기에도, 앉기에도 불편해 보이는 바위인 데다가, 넓이로 보아 많은 사람이 모일 수도 없을 것 같은 자리였다. 청중을 설득하기 어려운 조건은 다 갖추고 있었다.

그리스식 극장의 유명한 음향 효과를 보면 고대 그리스인들이 공연이나 연설 등에 대해 어떻게 생각하는 사람들이었는지를 조금이나마 짐작할 수 있다. 그들은 꼭 뭘 보러 극장에 가는 게 아니었단다. 그리스 극장은 언덕의 경사를 이용해 지었기 때문에 무대 뒤가 뻥 뚫려 있어서 객석에서 그 아래 풍경을 다 볼 수 있다. 디오니소스 극장이나 델포이의 극장이 전형적인 예. 공연이 재미 없으면 삼삼오오 모여 이야기도 하고 멀리 보이는 풍경을 즐기며 소풍삼아 쉬다가 갔다는데, 충분히 그럴 수 있을 만한 환경이 조성되어 있다. 음향 효과도 관객들의 행동 패턴에 부응한다. 반원형인 객석에서 나는 소리는 놀라울 정도로 무대에서는 잘 안 들리고 대신 무대 한

아크로폴리스 바울의 바위.

가운데, 즉 원의 중심점에 정확히 섰을 때, 내 목소리의 에코가 내 귀에 바로 울린다! 신기한 경험. 그러니 청중들이 수군거려도 무대에 선 배우들의 귀에는 잘 안 들렸을 것이다. 그리스인들은 언제든 지루하거나 재미 없으면 딴 짓을 하는 게 오히려 자연스러운 사람들이었다는 이야기가 된다. 너는 너 하고 싶은 대로 해라, 나는 나 하고 싶은 대로 한다, 서로 방해 말자, 뭐 그런…

바울의 실패 원인 일부를 거기로 돌리면 지나친 비약일까? 원래부터 산만한 청중을 대상으로, 그것도 열린 공간에서, 열심히 집중해도 알아들을까 말까 한 어렵고 까다로운, 그러니까 엘리트인 상대방에 맞추고자 지나치게 수준 높은 강론을 준비한 게 문제가 아니었을지. 어디가 앉기 편하고 소리가 잘 들리는 자리인가를 익히 알고 있었을 '아레오바고 관리인'이 바울의 강론을 듣고 믿은 자중 한 명이었다는 사실에 어떤 뒷이야기가 감춰져 있으려나.

바울에 비해 전쟁의 신 아레스의 변론은 설득력이 탁월했던지, 신들의 귀는 인간보다 밝았던지, 같은 장소에서 있었던 재판에서 아레스는 무죄 판결을 받았다.

그 천금 같은 기회를 놓치고 바울이 얼마나 실망하고 속이 상했을까! 그를 기독교 역사상 최고의 선교사고, 이론가고, 설교자였다고 평가하는 사람들이 많지만, 그에게도 뼈아픈 실패를 통한 훈련이 필요했다. 인간에게 무엇보다 가장 어려운 일은 자신을 포기하는, 내려놓는 일이다. 바울은 그리스어에도 익숙했고, 웬만한 그리스인들보다 수준 높은 학문을 공부했으므로 자신 있게 임했었지만, 오히려 그가 받은 당대 최고 수준의 교육, 지식, 엘리트 의식이 그에게 올무가 되었을 수 있다. 그리고 또 하나, 이전의 성공에 취하는 잘못, 오만은 무서운 함정이다. 바울은 이전에 가는 곳마다 교회를 세웠다. 혹시 그도 하나님의 일인데다 내 열정과 헌신이면 실패는 있을 수 없다고 믿게 된 건 아니었을까? 내 지식, 내 경험, 내 고집, 내 판단… 나중에 보면 정말 별것도 아니었는데, 나만 옳다고 고집하다가 낭패 본 일이 얼마나 많았던가! 바울처럼 나름대로 성실하게 노력했음에도 실패하고 황당해하는 일도 많다. 그러나 세상에 공짜는 없고, 이유 없이 생기는 일도 없다. 이유를 빨리 눈치채는 것만이 해결의 지름길이다.

바울은 '아덴'에서 많은 훈련을 받았고, 그 시련을 통해 더욱 강력한 전도자로 거듭났을 것이다. 그래도 '아덴'만은 그의 몫, 업적으로 정해진 곳이 아니었다. 그러나 꼭 되어야 할 일, 있어야 할 일은 내가 아니어도 틀림없이 누군가가 더 훌륭하게 이룬다. 내가 아니면 안 된다는 아집이야말로 가장 먼저 버려야 할 착각이다. 하지만 결과, 열매, 보람이 안 보이는데 어떻게 일을 하나! 게다가 영광도 칭찬도 내 몫이 아닌 게 분명하게 보일 때, 최선을 다 할 수 있을까? 바울은 그저 자갈밭처럼 보이는 거친 땅에 씨만 조금 뿌리고 떠났다. 그러나 2,000여 년 지난 오늘날, 그리스 인구의 98퍼센트는 동방정교회 교인이며, 그리스는 부활절 전 성금요일, 예수께서 십자가에서 돌아가신 날, 전국에 조기를 내거는 나라가 되었다. 그의 선교가 전적으로 실패는 아니었다는 이야기다. 그러니 어떤 일이든, 결과는 내 몫이 아니라 해도 나는 내 역할을 다해야 한다. (말은 쉽네…)

올리브, 올리브유

　그리스 음식, 그 중에서도 샐러드를 특별하게 만드는 결정적인 요
인은 신선하고 질 좋은 올리브유다. 그리스 샐러드는 세계적으로
인정받는 건강식 중 하나일 뿐 아니라, 몸에만 이롭고 입에는 쓴,
그런 건강식이 아니라 맛까지 좋다.
　미국에서 함께 공부했던 그리스 친구는 가장 그리운 게 고향의 샐
러드라고, 입맛을 다셔가며, 그런 건 어디에도 없다고, 여름엔 끼마
다 큰 그릇으로 하나씩 샐러드만 먹는다고, 자랑이 대단했었다. 샐
러드라는 게 기본적으로 날채소 버무린 것에 불과한데 뭘 그렇게
까지! 김치처럼 복잡한 과정을 거쳐야 하는 것도 아니고, 미국 슈퍼
마켓에 널린 게 신선한 채소인데, 해먹으면 되지, 했는데 절대 아니
라고 펄쩍 뛰었다. 그래서 현지 맛이 얼마나 다른지 궁금했었다.
　가장 대표적인 그리스 샐러드는 토마토, 오이, 양상추, 양파, 피망
을 올리브유와 식초에 버무리고 페타치즈를 얹어서 만든다. 일단
재료만 봐도 맛있고 건강할 수밖에 없다. 하지만 재료에 관계 없이,
맛이 결정적으로 달라지는 이유는 드레싱을 미리 섞어두지 않는
데 있었다. 채소를 접시에 담고, 올리브유를 설렁설렁 뿌리고, 그
다음에 식초를 뿌린다. 그리고 대충 뒤적거려 먹는다. 그게 그렇게

큰 차이를 만들 줄 생각 못했다. 원래 그 동네 방식이 그렇다보니 냉면집에 겨자, 식초, 매운 양념이 올라 있듯, 그리스 식당 테이블 위에는 올리브유, 식초, 소금이 기본이다. 샐러드 바에도 샐러드 드레싱이나 소스가 아니라 올리브유, 발사믹 식초 등만 준비되어 있어 어떤 순서로 뭘 얼마큼씩 넣어야 하는지 훈련이 안 된 이방인을 당황하게 했다. 하지만 곧 그 맛에 중독되었다. 기름으로 먼

그리스식 샐러드.

저 코팅된 채소 위에 식초 맛이 얹히는 거라서 혀에 먼저 식초의 상큼한 맛이 닿고 그 다음에야 올리브유가 느껴진다. 올리브유와 식초가 섞여서 또 다른 어떤 맛을 만들어내는 게 아니라, 올리브유 맛이 신맛 뒤를 '따라오면서'도 신맛과는 확실히 구별되고, 거슬리지 않는 고소한 맛이 느껴졌다. 끼마다 찾게 되고, 뭔가 제대로 먹지 못한 듯, 아쉽고 서운할 지경이었다. 덕분에 김치 생각이 날 새가 없었고, 그래서인지 그리스에서 음식 때문에 고생한 기억도 없다. 뿐만 아니라 신선한 채소가 짭짤한 페타치즈와 어울려서 맛이나 영양가 면에서 다른 음식이 필요 없을 만큼 훌륭했다. 참깨에 굴려 구운 브레드스틱이나 베이글 비슷한 쫄깃한 깨빵과 먹으면 한 끼로 충분. 게다가 구운 닭고기나 삶은 달걀 등등, 얼마든지 원하는

대로 첨가할 수도 있고 보통 식초 대신 발사믹 식초나 레몬즙을 써서 풍미를 더할 수도 있어 변화가 무궁무진하다.

파스타 한 그릇에 올리브유 반 컵을 넣을 만큼 기름진 음식을 엄청나게 많이 먹고도 건강을 유지할 수 있는 이유가 이런 샐러드 때문이 아닐까. 하지만 심장병 발병률은 낮을지 몰라도, 기본적으로 먹는 양이 워낙 많다보니 내 그리스 친구를 포함해 그리스 사람들의 배 둘레만큼은 절대 만만치 않았다.

그리스는 세계 3위의 올리브유 수출 국가이기도 하지만 특히 소규모 가내공업으로 생산하는 최상급 올리브유에 있어서는 자기네가 세계 최고라고 자랑하는 나라다. 하지만 그리스에서의 올리브 나무의 절대적인 존재가치를 제대로 실감하기란 쉽지 않다. 아무리 궁리해 봐도 우리나라에서 비교할 만한 것을 찾기 어렵다. 우린 참기름을 매일 '들이붓듯' 하지는 않으니까.

선사시대부터 야생 올리브를 먹기 시작한 그리스인들이다보니 그리스 신화에도 올리브 나무가 자주 등장한다. 대표적으로 아테네의 올리브 나무 이야기. 사람들이 모여 살면서 제법 도시의 모양을 갖추기 시작했을 때, 시민들은 그럴듯한 수호신을 모시고자 지혜의 여신 아테나와 바다의 신 포세이돈을 초청했다. 더 좋은 선물을 주는 신을 수호신으로 삼을 요량이었다. 바다가 가까운 곳이니 포세이돈은 자연스러운 선택이었던 것으로 보이지만, 또 다른 후보로 아테나를 선정한 건 아테네 시민들의 성향을 설명해 주는 표시가 아닐까.

고대 그리스는 독립적인 도시국가들의 느슨한 연합 형태였으므로 도시마다 성향이 달랐고, 거기 어울리는 능력을 가진 신을 수호신으로 택했을 것이다. 물론 자기네 신이 아니라고 해서 무시할 수는 없었겠지만, 자신들을 위해 다른 도시의 신과 싸워줄 수 있는, 믿을 만한 자기편이 꼭 필요했겠지. 그리고 포세이돈과 아테나의 입장에서도 세력 확장을 위해 놓칠 수 없는 중요한 대결이었다. 자신에게 제사 드리는 도시의 수가 많을수록 신들 사이에서 위상이 올라갔을 테니까. 어쨌든, 포세이돈은 물이 귀한 그 지역에 샘을, 아테나는 올리브 나무를 선물했다. 샘은 건조한 그 지역에 꼭 필요한 것이어서 아주 반가운 선물이었지만, 이를 어째, 바다의 신 포세이돈의 샘은 바닷물을 내는 샘이었다! 한마디로 그림의 떡, 무용지물. 하지만 올리브 나무는 물 없이도 잘 자랐고, 기름과 열매를 풍성하게 주었으므로 시민들은 아테나를 그들의 수호신으로 삼기로 했다. 그리고 그때부터 자신들의 도시를 아테네라고 부르고 그 상징으로 올리브 나무를 택했다. 아크로폴리스 아래 언덕에는 올리브 나무가 무성하다.

올리브에 대해 이야기할 때 빼놓을 수 없는 하나가 올리브 열매다. 숙성시킨 올리브 열매는 그렇게 기름기를 많이 머금고 있다고는 믿어지지 않을 만큼 개운하다. 서양 사람들도 느끼한 음식에 질릴 때가 있나보구나, 정말로 오이지 맛이 나는 오이 피클이나 멕시코 절임 고추, 올리브 열매를 먹으며 그래, 사람 입맛이 다 그렇지, 생각했었다. 우리나라로 치자면 장아찌 종류인데 제조 방법 역시 비슷하다. 올리브 열매는 그냥 먹으면 그야말로 '무미'여서 아무

맛이 없고, 적당한 절임 액에 담가 숙성시켜 먹는다.

여행길에 나설 때, 특히 집에서도 밑반찬 없으면 안 되는 남편과 동행일 때는 반드시 챙겨야 하는 세 가지가 있었다. 고추장 볶음, 멸치 볶음, 오이 간장 장아찌. 하지만 올리브에 제대로 맛을 들이고 나서부터 양을 많이 줄이거나 아예 안 가져간다. 올리브는 짭짤하고 씹는 맛이 아삭해서 느끼한 걸 먹을 때 있으면 참 좋다. 독특한 향이 거슬린다면 블랙올리브보다는 그린올리브가 맛이 순하고, 식초, 파슬리, 피망, 마늘 등을 두고 버무린 걸 먹으면 올리브에 쉽게 맛 들일 수 있다. 크기가 클수록 향이 역하지 않고 부드러우면서 깊은 맛이 있다.

초등학교 때 참 재미있게 읽었던 〈어린 아씨들〉이란 책 내용 중에 주인공 조가 친구들을 점심에 초대하는 이야기가 있었다. 조가 열심히 준비하기는 했지만 완벽하게 실패하고 올리브와 빵으로 끼니를 때웠다는 부분을 읽으며 많이 의아해했었다. 내가 알던 올리브는 바닷가에서 어머니가 피부에 발라주셨던 역한 냄새의 올리브유가 전부였기 때문이다. 그것과 빵을 먹는다고? 요즘이야 좋은 빵이 있으면 으레 올리브유를 찾지만 그때는 그 이상한 냄새 나는 기름을 먹는다고는 상상조차 못했다. 그러니 올리브 열매라는 게 있고, 그걸 장아찌처럼 만들어 먹는다는 건 더더군다나 알 도리가 없었다. 스물 몇 살쯤, 처음 맛본 마티니에 얹혀 나온 올리브는 역하고 맛이 이상했었다. 이게 올리브라는 건가? 정말 이걸 말한 걸까? 이 맛없는 걸? 몇 해 전 유럽에서 얼마동안 지내면서 질 좋은 올리브 열매의 맛을 제대로 보고 나서야 비로소 나는 그 내용을 완전히 이해했다. 쫄깃하고 구수한 바게트 빵이나 이태리 빵과 초록 올리브(올리브그린, 진짜 그 색이다)는 정말 잘 어울린다. 동화책의 간단한 내용을 이해하는 데 몇십 년이 걸린 셈이었다. 문화적 배경이 다르면 문학, 예술을 제대로 이해한다는 게 얼마나 어려운 일인지!

작품 밑에 깔린 내용을 이해할 수 없으면 아무리 명작이라도 별 감동이 없고, 엄청난 명화라도, '잘 그렸구먼' '음, 저것도 잘 그렸구먼' '참 다 잘 그렸구먼', 그 이상의 재미는 없다. 그런 이에게 미술관은 재미 없는 곳일 수밖에. 예를 들어, 서구의 미술관 소장품 중 많은 수가 그리스 로마 신화나 성경 이야기, 자신들의 역사를 내용으로 한 작품들이므로, 신화와 성경, 역사에 대해 아는 바가 전혀 없다면 그저 테크닉과 스케일밖에는 볼 게 없어진다. '아, 지금 갑자기 나타난 천사가 마리아에게 아기를 낳을 거라고 이야기하는구나. 어린 마리아가 얼마나 놀라고, 당황했을까. 그런데 결국 순종하는 마리아, 앞으로 인생이 파란만장하겠구나' 등등, 최소한의 내용은 알아야 왜 그 15세기 베네치아 화가가 마리아와 천사의 표정이며 자세 묘사를 그렇게 했는지, 왜 그 색을 그 자리에 썼는지, 구도와 배경은 어째서 그런 모양으로 했는지를 이해하게 된다. 명작은 이야기를 시대에 맞는 효과적인 언어로 전달할 때 생명력을 얻기 때문에 관람객 쪽에서도 그걸 알아보려고 노력해야 화가가 의도한 감동을 제대로 즐길 수 있다. 같은 주제를 놓고 화가들이 각자 다른 방식으로 풀어나간 장면들을 비교하다보면 미술관이 어떤 TV 드라마보다 흥미진진해진다. 단, 추상화의 경우에는 얘기가 다르다. 미술평론가나 미술사가가 아닌 이상, 추상화는 '아는' 게 아니라 '느끼는' 거다. 정답은 없다. 많은 사람들이 정답이 없을 리 없다는 신념하에 반드시 그걸 '알아야만 한다'는 강박관념에 시달리고, 자신의 답이 틀릴까봐 두려워서 추상화를 불편하게 느끼는 걸 종종 보게 된다. 그냥 '느끼고' 내 감성이 거기 반응하는 대로 '누리면' 되는 건데… 어린아이들은 그걸 참 잘한다. 아이들처럼만 하면 된다.

그리스식 시간, GMT

한국 사람들을 폄하하는 말인 코리안 타임처럼, 외국인들은 GMT 라는 농담으로 그리스인들을 대놓고 깔본다. Greek Maybe Time! 코리안 타임보다 한 수 위다. 우리는 그저 좀 늦는 것뿐이지 약속에 나타나기는 하지만, 그리스인들은 시간을 지키는 건 고사하고, 도 대체 올 건지, 안 올 건지의 여부조차 알 수 없다는 거니까! 한국이 야 대대로 시간 개념이 상대적으로 느슨할 수밖에 없는 농경사회 였으니, 근대 산업사회로 갑자기 옮겨가는 와중에 생긴 혼란이었 다고 핑계 댈 수 있지만, 그리스인들은 어쩌다 그런 조롱을 듣게 된 걸까?

내 경험으로는 이 '서양 사람들은 시간을 정확하게 지킨다'는 선 입견은 별로 정확한 표현이 아니다. 먼저 '서양 사람'의 개념을 정 리해야 할 필요가 있다. 흔히 '서양 사람'이라고 말할 때, 그나마 교류가 있어 경험해 볼 수 있었던 서유럽 사람들을 말하는 경우가 대부분이다. 대표적으로 '서양 사람'에 속하는 '미국 사람'도 초기 이민자들은 대부분 서유럽에서 건너간 사람들이었다. 그러나 같은 서유럽이라도 북쪽과 남쪽의 성향이 완전히 딴판이라는 게 문제 다. 영국, 독일, 독일계가 다수인 스위스, 스칸디나비아 등 북쪽 사람들은 정말 시계다! 반면에 프랑스에서부터 이태리, 스페인, 포르투갈, 그리스도 포함해서 남쪽으로 갈수록, '서양 사람'들은 시간 지키는 걸 과히 중요하게 생각하지 않는 게 분명하다.

서유럽 남북 사람들의 차이를 선명하게 잘 드러내는 경계선쯤 되는 나라가 벨기에였다. 이 벨기에라는 데가 참 재미 있는 나라인 게, 북쪽은 플랑드르 지역(아련한 〈플란더스의 개〉… 바로 그 동네, 앤트워프 대성당의 루벤스…), 네덜란드어를 쓰고 공업, 제조업이 발달해 있고, 남쪽은 왈롱 지역, 불어를 쓰고 농업 위주라 겉모습부터 완전히 다르다. 게다가 민족도, 언어도, 헌법도, 의회도, 심지어 세법도 두 개, 그저 왕만 하나다. 국민들의 신뢰와 존경을 받고 있는 현재의 국왕 넉분에 하나의 국가인 재로 있는데, 그 나라 사람들 스스로도 왕이 돌아가신 후에는 나눠질 거라고 생각하고 있단다. 서른 살이 넘었다는 플랑드르의 경찰관이 정말로 불어를 전혀 몰라 외국인들과 함께 학원에 다니면서 기초부터 배워야 하는 지경이었으니, 왜 한 나라로 살고 있는지가 의아할 정도였다. 인종과 언어만 다른 게 아니라 양쪽 사람들의 성향이 완전히 다르다. 북쪽 플랑드르 사람들은 영어도 잘하고 매사에 정확한데, 반면에 남쪽 왈롱 사람들은 '세월아 네월아' 되는 일도 없고, 안 되는 일도 없단다. 나와 직접적으로 부딪칠 만한 문제가 없을 때는 긍정적이고 여유 있는 그들이 편안해서 좋다가도, 막상 오지 않는 기차를 한없이 기다리노라면 갑갑함을 넘어 짜증이 밀려온다.

왈롱 지방에서부터 시작해서 점점 남쪽으로 갈수록 이 '편안함' 내지는 '느긋함'의 경향이 걷잡을 수 없이 강해진다. 완벽한 시스

템과 그 시스템을 철저하게 유지하는 사람들 덕에 독일이나 스위스 기차는 분이 아니라 거의 초 단위의 정확성을 자랑한다. 나만 미적대지 않으면 기차 때문에 내 일정이 어긋나는 일은 절대 없다. 코리안 타임이라고 손가락질 받았던 우리나라에서도 고속철 KTX가 30분 연착하면 저녁 뉴스거리가 된다. 그러나 떼제베, TGV, 프랑스 고속철은 처음 탔던 날부터 한 시간 반을 연착, 나를 정말 당황스럽게 했다. 그런데 나만 당황해하고 있었다. 너무나 평온한 사람들, 어머나, 우리나라에서라면 난리 났겠네! 그날 나는 늦게 도착한 기차 때문에 낯선 도시에서 무거운 짐을 끌고 어두운 밤길을 헤매야 했다. 하지만 반대로 '안 되는 일도 없는' 그들 덕을 본 일도 있었다.

서울로 돌아오던 날, 드골 공항까지 가려면 일반 기차를 타고 가다가 TGV로 갈아타야 했는데, 시골 역에서부터 기차가 취소되고, 연착하고, 뒤엉키는 바람에 도저히 TGV 시간에 댈 수 없는 상황이 되었다. 그날 드골 공항으로 가는 마지막 TGV. 놓치면 비행기를 탈 수 없게 되었으니, 답답한 마음에 안 되는 줄 알면서도 차장을 붙들고 하소연을 했다. 하지만 솔직히 말해서, 탈 수 있으리라는 기대는 정말로 0퍼센트, 전혀 없었다. 그런데 다행히 어느 정도 영어를 하는 차장은 전화에 대고 한동안 떠들더니, 잘될 거니까 걱정 말라고, 나를 안심시켰다. 기가 막혔다. 어머, 애, 너 무슨 그런 거짓말을 하니, '택~' 도 없이, 네가 TGV를 잡아놓기라도 하겠다는 거냐, 속으로는 화가 들끓으면서, 이제 이를 어찌 처리하나, 다음 비행기는 언제일까, 언제나 서울 가게 되려나, 호텔로 갈까, 아니면 그냥 공항에서 버틸까, 상상만으로도 벌써 지겨워, 비용은 또 어쩌나, 보상 받을 수 있을까, 별별 생각을 다 하고 있었다. 그리고 드디어 갈아탈 역에 도착했는데, 문 앞에 TGV 승무원이 나를 기다리고 있는 게 아닌가! 그는 넓고 낯선 역에서 나를 지름길로 인도해 '나를 기다리고 있는 TGV'로 데리고 갔다. 나 하나로 인해 그날 거기 탔던 모든 사람이 7분씩 늦었다! 혹시라도 그 7분 때문에 비행기 놓친 사람이 없었기를. 만에 하나 그런 사람이 있었더라면 비행기까지 잡아 두었으려나? 적어도 내 눈에 비친 남쪽은 모든 면에서 그 비슷했다. 그러니 서유럽에서도 가장 남동쪽에 있는 그리스가 북쪽 사람들로부터 GMT 소리를 듣는 게 어쩌면 당연한 일! 정해진 시간도, 정해진 가격도 없었다. 아이고, 답답이야!

그런데 이게 웬일이래? 나이가 들수록 그게 점점 더 부러워진다. 저렇게 살 수 있으면 얼마나 좋을까, 그 동안 그다지 빡빡하게 안 살았는데도 왜 난 이렇게 여유가 없을까, 조바심치며 화내지 않고, 피차 늦으며, 늦으면 늦나보다, 안 오면 못 오나보다, 뭐 그러려니, 나도 늦을 수 있고, 못할 수 있는 건데, 안 되면 그뿐이지, 그럴 만한 사정이 있겠거니, 생각하면서… 비행기 놓치면 대신 다른 재미있는 일이 있겠지… 다행히 언제든 옆에는 하릴없이 기다리는 사람이 또 있을 테고, 어르신들이 마을 어귀 느티나무 밑에서 그랬듯이, 이제부터라도 재미나게 수다나 떨고 한가롭게 시간을 때우면서 살아볼까나!

나이 드는 게 낯설고 두려웠던 때가 있었다. 그러나 조금 물러서서 보니, 나이 드는 것도 나쁘기만 하지는 않다. 전엔 못 보던 것이 보이고, 절대 못했던 일도 할 수 있고, 집착했었던 많은 문제들이 결국 사소한 일이었음을 겪고 나니 전에 없던 여유까지… 누구의 인생에나 자기 몫의 걱정만이 아니라 제 몫의 웃음도 있듯이, 어느 나이에나 그 나이의 어려움이 있는 동시에 즐거움도 있었다. 그렇다면 앞으로의 시간에 대해서도 불안감을 많이 덜어도 되지 않을까? 북유럽 식의 속도와 정확성이 반드시 좋지만은 않았고, 비웃음거리인 그리스 GMT가 꼭 그렇게 나쁘지만은 않았다. 인생은 그런 건가봐…

바…!!!!! 다…!!!!!

내게 그리스는 안타까운 로망이었다. 인간과 예술을 사랑한 문화
인들의 땅. 여신과 요정의 땅. 그러나, 바다! 바다! 바다! 내 맘 속에
남아 있는 그리스는 한마디로, 바다!

역시 자연은 인간이 만든 어떤 역사와 문화보다 아름답고 변화무
쌍하고 위대하다는 걸 실감했다. 그런 다양한 스펙트럼의 바다 색
은 처음이었다. 지브롤터 해협의 좁은 계곡만이 대서양으로 열려
있는 지중해는 거의 내해에 가깝다. 일설에 의하면 이리저리 해류
를 따라 자유롭게 움직이는 대양보다 더 짜단다. 그리스의 에게 해
는 그 중에서도 가장 안쪽에 있다. 그래서일까? 맑음도, 선명함도,
색상도, 어떤 경우나 참으로 '징'했다. 일조량이니, 햇빛의 각도,
수온 같은 걸 따지고 않았을 분위기는 절대 아니었다. 그리고 '갯
내'. 그 비릿한 바다냄새가 없었다. 그저 맑고 부드러운 바람의 느
낌만 있으니 누가 그 바다를 마다하랴! 과히 깨끗하지 않으리라고
예상했었는데 아테네 근교 바닷가 도로에서 본 바다 빛은 감탄스
러우리만큼 맑고 밝았다. 하지만 그 바다는 이후 그리스 섬들과 키
프로스, 에게 해, 지중해에서 가장 깊은 바다의 각각 다른, 숨 막히

비너스 바위.

는 아름다움의 겸손한 예고편일 뿐이었다. 적어도 내가 본 그리스 '육지'는 과히 '풍경이 아름답다'고 표현할 만하지 못했다. 오히려 이 변변찮은 땅에서 어떻게 그런 혁신적인 문명이 생겨났을까, 의아해했었다. 오랜 세월 흐르는 동안 자연환경이 변한 건가? 바다가 없었더라면 세계 최고의 신혼여행지 산토리니의 절벽집들도, 미코노스의 풍차도, 포세이돈 신전도, 지금의 명성을 얻었을 것 같지 않다.

비너스의 고향 키프로스 섬. 육감적인 보드라운 파도에서 부서지는 말간 거품. 과연 미의 여신 비너스를 낳을 만한 거품이었다. 섹시하면서도 순수했다. 자갈이 깔린 해변, 사람들은 10월 초임에도 찬 기운이 없는 바다에 뛰어들었다. 구름 한 점 없는 하늘과 잔잔한 바다, 세상에! 내가 아는 언어로는 묘사할 수 있는 게 아니었다. 그냥 가슴에 고이고이 담았다. 바람은 향기롭고, 부드럽고, 달콤하게 나를 감싸며 조용히 지나다녔다…

우울한 날, 그 바다를 꿈꾼다.

2장

그런데 그러던 그녀가 정치 얘기가 나오자 태도를 싹 바꾸는 것이었다.

다양성은 무슨! 마침 미국 대통령 선거 직전이어서 온통 그 이야기로 뜨겁게 달아 있을

때였고, 진보 엘리트를 자처하는 그녀는 상대편을 지지하는 사람은 물론,

심지어 어중간한 태도를 취하는 사람들조차 완전히 인간 취급을 못하겠다는 듯,

경멸해 마지 않았다. 내가, '전에 다양성을 인정하는 게 중요하다고 이스라엘

하지 않았었느냐'고 묻자, 그녀는 싸늘한 표정으로, 이건 절대로 그럴 문제가 아니라고,

저들은 도통 제대로 배우지를 못해서 도대체 뭐가 뭔지도 모르는 한심한 족속이라고,

마냥 흥분을 가라앉히려 하지 않았다. 하늘의 일인 종교 문제는 얼마든지

'쿨~'하게 양보해도 땅의 일인 정치 문제는 절대 양보할 수 없는 모양이었다.

역시 사람 사는 데는 하늘의 일보다는 땅의 일이 급한 건가?

하나님이 너그러우신 분이라는 믿음이 너무 확실하다보니 다양성

운운할 수 있었던 거였을까?

그러면 종교적인 명분을 내걸고 땅에서 싸움을 거는 건 과연 하늘의 일일까, 땅의 일일까?

예수의 고향에 갔다!

이집트와 그리스 여행 계획을 짜다가 가까이 붙은 이스라엘을 자연스럽게 끼워넣었다. 성지 순례를 목적으로 일부러 돈과 시간을 들여 이스라엘에 가는 사람들도 많은데, 기왕 그 옆동네에 가면서도 거길 들르지 않는다면 말이 안 될 것 같았다. 성지 순례까지는 아니더라도 내가 가나안에 가려는 목적은 당연히 자연을 보기 위해서는 아니었다. 물론 독특한 분위기의 사해와 갈릴리 호숫가, 호수 북쪽의 황량하고 쓸쓸하고 뭉클한 느낌의 황야는 인상적이었지만 과연 예수님을 떠올리지 않고도 그곳이 내게 의미가 있었을지는 심히 의심스럽다. 황야에서 가슴이 시렸던 이유는 오로지 예수께서 40일 금식하신 광야가 여기였겠구나, 하는 감상 때문이었다. 어쩌면 떡을 만들 만한 돌이 그리 많은지, 뛰어내리라던 절벽도 사방에 어찌나 많은지! 연극 무대를 꾸민다면 이보다 더 적당한 배경은 없으리라… 역시 이스라엘, 가나안에서 기대하는 건 기독교 역사와 문화, 종교의 자취가 먼저였다. 그리고 종교, 신앙에 대해 고민해 보지 않을 수 없는 곳이기도 하다.

다윗 가문의 자손 예수는 가나안에서 유대인으로 태어나 유대인으로 죽었다. 그리고 기독교는 그의 유대인 제자들에 의해 퍼져나 갔다. 그렇다면 하나님을 믿고 예수를 그의 아들, 메시아로 믿는 기독교인에게 유대 땅은 어떤 의미일까? 파란만장한 역사를 겪은 하나님의 성전이 있었고, 선지자들의 활동 무대였고, 예수께서 기도하시고, 가르치시고, 주무시고, 잡수시고, 기적을 베푸시고, 분노하시고, 십자가에 달리시고, 돌아가신 지 사흘 만에 다시 살아나시고, 승천하셨던 성지. 기독교가 태어난 곳. 수많은 순례자들이 때로는 목숨을 걸고 찾아들었던 곳.

그런데 내가 이스라엘에 가는 것도 과연 성지순례가 될 수 있을까? 땅만 밟는다고 성지순례가 되는 건 아니지 않나? 끼마다 기름진 음식을 배불리 먹으며, 냉방 잘되는 리무진버스를 타는데 그것도 성지순례일까? 아니, 좀더 솔직하자면, 나 같은 얼치기 기독교인에게 과연 성지에 발을 디뎌도 되는 자격이 있을까? 너무 안이하고 구태의연한 선입견이기는 하지만, 내게 떠오르는 성지순례자의 이미지는, 신에게 헌신하는 방법으로 순례의 고행을 택한, 닳아빠진 검은 옷을 입고, 지팡이를 짚고 먼 길을 걸으며, 최소한의 음식만으로 육체의 정욕을 이겨낸, 깡마르고 지친, 그러나 눈빛만은 형형한, 세상의 것이 아닌 영적 기쁨과 만족감으로 빛나는, 그런 모습이었다. 소설을 너무 많이 봤나? 그래도 최소한 뭔가 그 비슷한 것을 조금이라도 갖고 있어야 거기 가도 될 것 같았다. 그런데 순례자는 아무리 애를 써본들 나와는 정말이지 절대로, 전혀, 지금도 미래에도, 상관이 없는 모습이었다. 그러니 교회에서 성지순례 팀을 모집할 때마다 움츠러들었을 수밖에. 사실은 하나님께서 성지순례를

감람산에서 본 예루살렘.

정말 원하시려나, 그것부터가 의문이었다.

　그래도 내게는 기대감이 있었다. 필시 '기'라는 게 엄청나게 센 곳일 테니, '기독교인'보다는 '교회에 다니는 사람'에 가까운 나도 그 땅에서 뭔가 대단한 영적 경험을 할 수 있게 될지 모른다는 설레는 마음, 여기는 보태고 뺄 것도 없는, 말 그대로 성지가 아닌가! 예루살렘에서 나는 세계 각지에서 온 다양한 기독교 종파의 순례 팀

만국교회 벽화.

들과 마주쳤다. 천주교도와 개신교도는 말할 것도 없고, 러시아 정
교, 비슷하지만 다르다는 그리스 정교, 내가 일일이 이름조차 알지
못하는 별별 종파들을 믿는 다양한 국적의 수많은 사람들이 거기
몰려와 있었다.

  마지막 밤, 예수께서 땀을 피같이 흘리시며 기도했다는 감람산의
겟세마네 바위, 바로 그 바위 위에 지어진 만국교회는 위압적이지
않고 단순해서 침착하고 경건한 분위기를 그런대로 잘 살리고 있
었다. 게다가 제단 바로 앞의 바위를 에워싸고 앉아 눈물을 흘리며
경건하게 미사를 드리는 미국에서 온 천주교인들의 모습은 내 기
대감을 점점 더 증폭시켰다. 미사 후, 미국인들은 예수께서 산 너머
베다니 마을, 마리아와 마르다의 집에 머물며 매일 성전으로 오갔

다는 길을 따라, 계곡을 지나 황금문(터키 점령 시대 이후 폐쇄되었다)으로 올라가는 '예수 트레일'을 똑 같은 빨간 모자를 쓰고 중얼중얼 기도문을 외우며 열 맞추어 걸어갔다. 자기들만의 세계에 빠진 모습이 순수하고 예쁘게 보여서, 그걸 가능하게 한 그들의 신앙심이 부러웠다. 여기서도 역시 나는 안 되는구나…

감람은 올리브. 그 산에 옛날부터 올리브 나무가 많았다는 뜻이다. 지중해성 기후대에 속하는 다른 지역들과 마찬가지로 가나안에서 올리브 나무는 대대로 중요한 작물이었다. 예수도 올리브 나무를 축복받은 나무라고 하셨다. 올리브를 드셨겠구나! 만국교회 정원에 2,000년을 살았다는 올리브 나무 몇 그루가 서 있다. 저 나무들은 그날 밤 그를 뵈있을까? 얼마나 급박한 상황인지 상상도 못한 제자들이 자고 있었던 곳이 이쯤이었으려나? 예수의 눈에 얼마나 한심하게 보였을까? 그의 외로움이 날카롭게 나를 파고들었다. 한마디쯤 해주시지, 나중에 제자들이 가슴을 치며 후회했을 텐데… 하기야 들었다고 알아들을 수도 없었을 것이고, 또 제대로 행동할 수도 없었을 것이다. 오죽하면 '마음은 원이로되 몸이 안 따른다'며 지나치게 '인간적인' 제자들을 이해해 주셨을까! 그 말에서는 여러 가지 뉘앙스가 느껴진다. 야단치는 것 같기도 하고, '그래, 인간이 원래 그런 존재지' 한숨 쉬는 것 같기도 하고, '그래도 조금만 더 애써보지 그러니, 너는 잘할 수 있을 거야' 격려하는 것 같기도 하다. 구불구불 얽힌 굵은 올리브 나무 줄기 마디마디마다 험한 세월이 알알이 박혀 있었다.

감람산과 예루살렘 사이에는 제법 경사가 가파른 계곡이 있다. 계

2,000년 된 올리브 나무.

곡 아래쪽은 유대인들이 메시아가 오시면 죽은 자들의 부활이 있을 곳이라고 믿는 신성한 곳이다. 그래서 그 부분은 오실 메시아를 위해 비어 있다. 그리고 그 위편 감람산 쪽 기슭은 온통 묘지다. 도대체 몇 개나 될까? 건너편에서 보면 나란히 붙어 선 희뿌연 묘비 대열이 장관이었다. 유대교인은 물론이고, 셀 수 없이 많은 기독교인, 이슬람교도들이 편을 갈라 끼리끼리 거기에 묻혀 있다. 제일 먼저 부활하려고… 그런데 거기 묻히는 게 과연 의미가 있을까? 하나님은 우리와 같은 차원으로 움직이시는 분이 아니라 시간과 공간을 초월하실 수 있다는데… 어마어마한 피라미드를 만든다 해도, 여기에서처럼 특별한 어떤 장소에 묻힌다 해도, 아니면 반대로 유골조차 남아 있지 않다 해도, 그게 하나님 보시기에 차이가 날까?

감람산의 묘.

메시아의 구원과 부활과 영생을 믿는다면서도 죽어서까지 구역을 나누어 묻혀 있는 걸 보시고 어떤 표정을 지으시려나…

만일 내가 2,000여 년 전 가나안에 살았다면 나는 과연 예수를 어떻게 받아들였을까? 그를 심판하던 날, 사형시키라고 소리소리 지르던 군중 속에 나도 있었을까? 구약에 명시된 예언에 따르면 메시아는 베들레헴 태생이어야만 했다. 하지만 예수는 부모가 호적을 만들러 가는 도중에 베들레헴에서 태어나셨기 때문에 당시에는 공생애를 시작하시기 전까지 사셨던 갈릴리 나사렛 사람으로 알려져 있었으니, 사람들이 보기에 첫번째 조건부터 갖추지 못한 셈이었다. 목수의 아들이며 제대로 된 교육을 받은 적도 없는 어떤 젊은이가 갑자기 나타나서, 불량해 보이는 무리를 몰고 다니며, 수상한 기적들을 행하고 있다는 소문이 떠돌고 있으니, 원래 변화가 싫고 의심도 많은 나는 그걸 무지하고 한심한 헛소문쯤으로 치부했을 터였다. 게다가 권위 있는 성직자들이나 학자들이 그의 죄를 인정했다는 소식까지 들었다면, 아마도 죽이라고 소리 지르는 데까지는 동참하지 않았더라도, 어디서 골치 아픈 이단이 하나 나타나서 어리석은 사람들을 꼬이고 있구나, 하고 그를 대놓고 무시했을 게 틀림없다.

예수의 무덤과 골고다 언덕 위에 지어졌다는 성분묘교회는 그의 죽음과 사랑을 구체적으로 느껴볼 수 있으리라고 기대했던 곳이었다. 그러나 내가 그랬었던 것처럼, 그곳에서 어떤 영적 경험을 느끼기 원한다면 시간을 잘 맞춰서 가야 한다. 낮 시간 동안에는 정말 인산인해라는 말이 과장이 아니어서 영적으로 어지간한 강심장이 아니면 은혜를 구하는 건 불가능할 것 같았다.

무리에 떠밀려 입구로 들어섰다. 정면에 예수의 시신을 유대식으로 염하는(그는 유대 청년으로 죽었다) 장면을 묘사한 모자이크가 있고 그 앞에 염을 했다는 바위가 있다. 싱글침대 만하고 반질반질한 평평한 돌. 어떤 이들은 그 돌 위에 기름을 붓고 다시 모아 담아

성분묘교회, 예수의 시신을 염하는 상면, 모사이크.

서 장례식 때 쓴단다! 그리스정교와 천주교 등이 교회를 나누어 관리한다는데, 바위는 그리스정교 구역인 듯, 각종 장식이 번쩍이고, 마침 그리스정교 신부님들이 향이 든 호리병 같은 걸 흔들며 뭔가 의식을 진행하고 있었다. 바위에 손 한번 대보겠다고 이렇게 사람들이 몰려들어서 밀려 쓰러질 지경인데, 그 와중에 경건함을 잃지 않을 수 있을는지…

수 세기 동안 순례자들이 십자가와 낙서들을 새긴 돌계단. 온통 관광객과 참배객들로, 온갖 나라 말들로 가득 찬, 돔으로 덮여 있는 검은 나무 교회, 무슨 당집처럼 울긋불긋 수선스런 예수의 무덤! 부활하신 그가 여기 계실 리 없는데! 가파른 계단으로 올라가면 십자가가 세워졌다는 돌 자리… 어디든 사람들은 떠밀며, 심지어 새치기한다고 큰소리로 다투며, 그 자리를 한번 만져보겠다고, 손을 뻗었다. 성호를 긋고, 입으로는 기도문을 외우면서, 감격에 겨워서인지 눈물을 흘리며… 미련 없이 돌아서 나왔다. 더이상 그곳에 있고 싶지 않았다.

서울로 돌아온 후 얼마 지나지 않았을 때, 성분묘교회를 관리하는 6개 교파 중 2개 교파 사이에 구역 다툼이 터져서, 사제복을 입은 채로 주먹질과 발길질이 오가는 난투극을 벌이는 광경을 TV 월드 뉴스에서 보았다…

아리마대 요셉

성분묘교회의 분위기는 내게 상당히 충격적이었다. 그 때문이었을까? 머릿속에 계속 아리마대 요셉이 떠올랐다. 처음으로 성경을 순서대로 다 읽었을 때 새삼스럽게 보였던 인물이 바로 아리마대 요셉이었다.

예수가 십자가에서 숨신 후, '부자' '존경받는 공회원'으로 '선하고 의로운' '하나님의 나라를 기다리는' '예수의 제자이나 유대인이 두려워 그것을 숨기던' '그들의 결의와 행사에 찬성하지 아니한' '아리마대 사람 요셉이라 하는 자가' '당돌하게' '빌라도에게 가서 예수의 시체를 달라 하여 이를 내려 세마포로 싸고 아직 사람을 장사한 일이 없는 바위에 판 무덤에 넣어두었다'.

성경은 내용을 너무 압축하느라고 설명이 부족한 느낌이 있어서, 그 상황을 실감나게 이해하려면 상상력을 좀 동원해야 한다. 아리마대 요셉은 예수의 가르침에 무엇인가 특별한 것이 있다는 사실을 알고 있었다. 그러나 그는 자신이 누리고 있던 사회적 지위와 특권을 포기하면서까지 예수를 따를 생각은 없었다. 그래서 그는 자신이 속했던 산헤드린 70인의 공회(국회 같은 기구)가 예수를 재판할 때, 찬성은 안했다지만 그렇다고 적극적으로 반대하지도 않았다. 결국 예수는 신성모독과 반역죄로 사형 선고를 받았고, 가장 가까운 제자들조차 다 도망갔다. 게다가 예수는 십자가 위에서 아무런 기적도 일으키시지 못한 채 무력하게 세상을 떠난 게 분명했다. 당시에는 제자들뿐 아니라 누구도 예수가 생전에 말씀하셨던 부활의 메시지를 이해하지 못하고 있었고, 따라서 숨이 끊어진 예수에게는 더이상 소망이 없었다. 죽은 그는 이제 그야말로 아무것도 아닌 사형당한 죄수였을 뿐이었다. 그러니 오직 어머니 마리아를 포함해 소수의 여제자들과 어린 사도요한만 십자가 옆을 지키는 한심한 순간이었다. 그런데 모든 면에서 상황종료라고 볼 수밖에 없었던 그런 때, 기왕에 그때까지 제자임을 숨겼으니, 들켜서 해를 당할까 새삼 걱정할 필요도 없이 계속 숨기고 있으면 되었을 텐데, 난데없이 총독 앞에 가서 '당돌히' 겁도 없이 사형 당한 중죄인의 시체를 요구하고, 예를 갖추어 자기 새 무덤을 제공해 그를 장사지내는, 드러내놓고 요즘말로 '심하게 튀는' 행동을 한 것이다.

이걸 어떻게 해석해야 하나? 성경은 그 사건에 대해 더이상 설명해 주지 않는다. 하나님의 계시가 있었던 걸까? 그런 것 같지는 않다. 만일 계시가 있었다면, 성경의 기록자들이 나중에라도 그런 중요한 이야기를 놓쳤을 리는 없다. 사나이들의 의리? 그 정도로 단순하게 설명하기에는 상황이 좀더 심각했던 것 같은데… 십자가 장면을 목격하고 예수의 마지막 말들에서 어떤 메시지를 얻었던 걸까? 그런 해석이 있지만, 내 부족한 생각으로 보기에는 그 가능성도 상당히 의심스럽다. 예수는 십자가 위에서 몇 마디 안하셨고, 그나마도 부활하신 후에야 이해할 수 있게 된 말씀이었는데, 예수

성분묘교회의 십자가 자리.

의 메시지를 그 자리에서 바로 알아챌 정도의 예지력을 갖고 있는 인물이었다면, 이미 훨씬 전에 예수가 어떤 존재이신지 확신할 수 있었을 것이고, 따라서 자신이 예수의 제자임을 공개적으로 밝히고 떳떳하게 그를 따랐어야 말이 된다. 그저 한때나마 자신이 존경하고 흠모했었던 인물에 대한 연민에서 나온 행동으로 이해하기에도 당시의 상황은 너무 위험했다. 그런 이유에서였다면 자신이 직접 나서는 대신 아랫사람을 시켜 은밀히 행동했을 것이다. 아, 정말 궁금하다. 뒤도 안 돌아보고 첫 번째로 도망쳤을 나 같은 사람은 절대로 할 수 없는, 참으로 어렵고 중요한 역할을 해낸 존경스러운 인물인데, 그를 움직인 동기를 알 수가 없으니…

아리마대 요셉이 그때 거기 있었으니 천만 다행이었다. 그가 정식으로 염을 해서(유대식으로 염을 한다는 건 일종의 미라를 만드는 과정이다) 예수의 사망을 공식화하고, 굴을 제공해 그를 장사 지내자, 유대인들은 생전의 예수의 말을 기억하고 불안감을 느꼈던지 총독을 움직여 무덤을 큰 바위로 막고 병사들이 지키도록 함으로써 오히려 증거를 남겼다. 어머니와 여인들이 어찌할 바를 모르는 채로 사흘을 보냈더라면 예수의 죽음과 부활에 대한 의심과 온갖 설들, 소문들이 결코 사라지지 않았을 것이다. 아리마대 요셉이 나선 덕에 예수의 부활이 더욱 확실한 사실이 될 수 있었다. 성분묘교회 여기저기를 둘러보면서 그의 자취를 상상해 보았다. 저기 십자가에서 예수의 시체를 내려 여기서 니고데모가 가져온 향품으로 정성스레 염을 하고 바위무덤에 넣는 그의 모습을 떠올리며, 새삼 그의 용기가 부러웠다.

승천교회, 땅에서 오늘을 사는 일

감람산 언덕 위에는 예수승천교회가 있다. 예수의 부활이 없었다면, 당시 유대에서 가장 존경받는 율법학자 가말리엘의 주장처럼(사도행전 5장 33-42절 참조) 그의 제자들은 뿔뿔이 흩어져 흔적조차 없어지고 기독교는 태어나지도 못했을 것이다. 그러나 어쩌면 하나님의 아이러니일까? 예수승천교회와 모하메드승천모스크가 바로 이웃해 있다. 이슬람의 최고, 최후 선지자와 그들의 경전이 중요한 선지자로 여긴다는 예수는 같은 곳에서 하늘로 올라갔다는데… 담을 대고 나란히 서 있는 교회와 모스크를 보면서 과연 종교라는 게 누구를 위한 것인가, 새삼 울적한 생각이 들었다.

여행중에 만난 미국에서 오신 천주교도 할머니는 은퇴한 역사학자셨는데, 자기는 천주교도로 태어났고, 천주교가 다양성을 인정하는 점이 특히 너무 좋다고 자신 있게 이야기하는 사람이었다. 그녀는 함께 여행하는 개신교인들이 다른 종교의 문제점을 지적할라치면, 타인의 믿음을 비하해선 안 된다고, 그랬기 때문에 세상이 이모양이라고, 부처도 메시아의 하나였을지 모른다면서 논쟁을 벌였다. 거기까지는 그러려니 했다. 다양성이라! 열린 마음, 그래, 그것도 필요할지 몰라. 우리에게 나와 다른 사람, 다른 생각을 인정해

주는 여유가 너무 없는 것도 사실이니까…

그런데 그러던 그녀가 정치 얘기가 나오자 태도를 싹 바꾸는 것이었다. 다양성은 무슨! 마침 미국 대통령 선거 직전이어서 온통 그이야기로 뜨겁게 달아 있을 때였고, 진보 엘리트를 자처하는 그녀는 상대편을 지지하는 사람은 물론, 심지어 어중간한 태도를 취하는 사람들조차 완전히 인간 취급을 못하겠다는 듯, 경멸해 마지 않았다. 내가, '전에 다양성을 인정하는 게 중요하다고 하지 않았었느냐'고 묻자, 그녀는 싸늘한 표정으로, 이건 절대로 그럴 문제가 아니라고, 저들은 도통 제대로 배우지를 못해서 도대체 뭐가 뭔지도 모르는 한심한 족속이라고, 마냥 흥분을 가라앉히려 하지 않았다. 하늘의 일인 종교 문제는 얼마든지 '쿨~'하게 양보해도 땅의일인 정치 문제는 절대 양보할 수 없는 모양이었다.

역시 사람 사는 데는 하늘의 일보다는 땅의 일이 급한 건가? 하나님이 너그러우신 분이라는 믿음이 너무 확실하다보니 다양성 운운할 수 있었던 거였을까? 그러면 종교적인 명분을 내걸고 땅에서 싸움을 거는 건 과연 하늘의 일일까, 땅의 일일까? '너희가 하늘의 일이 아니라 땅의 일을 생각한다'고 예수께서 책망하셨는데… 역시 인간에게 종교, 신앙이라는 건 참 어려운 문제다.

그런데, 어라? '진보'를 자처하는 역사학자 할머니의 전공은 19세기 프랑스 귀족 사회, 특히 귀족 가문 연구였다. 자기가 연구했었던 가문들, 그들의 우아하고 화려한 생활, 50여 년 전에 직접 만났던 백작부인과 그 아들 백작, 그와의 꿈같은 데이트에 대해서, 귀족들의 소소한 사치품들을 모은 자기 컬렉션에 대해, 동경으로 가득 찬 아련한 눈빛으로, 틈날 때마다 내게 자랑하곤 했다. 그 귀족들이 누구의 말도 안 되는 비인간적 노동 덕에 그런 생활을 유지할 수 있었더라? 머리는 진보지만 가슴은… 내가 워낙 뭐든 부정적으로 꼬아 보는 회의론자이다 보니, '스스로 생각하는 정체성이 실제 욕구와 상당히 거리가 있으시군요. 이상만 진보신데요' 속으로 킁킁거렸다. 진보든, 보수든, 법을 어기지 않고 다른 사람들에게 피해를 주지 않는 한, 어떤 개인의 신념을 왈가왈부할 생각은 전혀 없다. 해서도 안 된다. 그러나 신념과 실생활이 거리가 먼 사람은 싫다. 다양성이 중요하다면서 다른 정치적 견해는 절대 허용 못할 뿐 아니라, 머리로는 진보, 살고 싶은 선 귀족 라이프스타일이면 거의 정반대라고 할 수 있을 만큼 멀다. 그녀의 신념, 그 진정성을 의심할밖에… 진보는 그녀가 사람들에게 보여주기 위해, 자신을 차별화하고, '척' 하기 위해 쓰고 있는 페르소나에 불과한 게 아니었는지.

세상을 사는 데 머리와 가슴이 얼마나 먼 걸까? 아주 개인적인 내면의 소소한 갈등부터 종교, 사회의 갈등과 모순도 결국 머리와 가슴이 다른 욕구를 갖고 다른 곳을 보고 있어서 생기는 경우가 많을 게다. 일치하거나 좀 가까우면 좋으련만, 나이가 들수록, 생활의 무게가 버거울수록, 어렵다.

깊은 이야기를 나누어 본 일이 없어서 진보주의자인지, 사회주의자인지 판단할 수 있을 만큼 잘 알지는 못하지만, '사회적 부조리와 불평등에 대한 자신의 인식을 사고와 일의 근간으로 삼고 있다고 적극적으로 드러내며, 뭘 모르는 채로 안이하게 살아가는 무책임한 사람들을 한심하게 여기고, 계몽하려 애쓰는' (아, 표현이 불편하고 껄끄러워~ 딱 그를 만날 때 불편한 느낌, 그 정도로) 어떤 분이 러시아 여행을 자랑하며 에르미타주 박물관, 소련의 문화와 예술에 대해 극찬을 아끼지 않는 것을 보고 상당히 당황했었다. 그의 신념에 대해 뭐라 할 이유는 없다. 나는 그가 불편하지만, 그렇다고 다 틀렸다고 생각하지는 않는다. 그러나 에르미타주는 다 농노, 그러니까 그가 그렇게 소중히 여긴다는 민중을 착취해서 봉건적 러시아 왕족, 귀족들이 만들어 놓은 사치스러운 유물이고, 그가 언급한 발레는 인민의 희생 위에 만든 공산주의 선전물이었다던데? 내가 뭘 제대로 모르는 거였나? 여기 자기모순에 빠진 사람이 또 있구나!

물론 러시아 예술의 깊이와 그들이 갖고 있는 예술품의 가치를 부인하는 것은 절대 아니다. 공산주의 이전 러시아 미술의 영적 깊이와 폭을 모르는 바도 아니다. 말레비치와 칸딘스키의 철학적인 작품들이 다 그 뿌리에서 나왔다고 생각한다. 마티스의 '댄스'와 '뮤직'이 거기 있다는 사실만으로도 러시아는 예술을 사랑하는 모든 이에게 꿈의 땅이다. 그러나 파리에서 행세깨나 하면서 그 작품들을 사들인 혁명 전 러시아 귀족의 돈이 다 어디서 왔는지, 그 사람의 평소 주장에 비춰본다면 최소한 그걸 먼저 생각해 봐야 하지 않았을까?

게다가 '소련의 문화가 어쩌구' 하는 이야기에 나는 절대 수긍할 수 없다. 공산화된 소련에서, 내 사랑, 말레비치가 당했던 고난,

강요된 그의 사회주의 리얼리즘 작품을 보고 얼마나 가슴이 무너져 내렸었는데! 말레비치는 내게 정말 특별한 존재다. 그의 작품들은 지금도 지구상에 내가 가장 사랑하는 보물 중 하나다. 나는 그의 흰 사각형 덕분에 인생의 가장 어려웠던 시간들을 살아낼 수 있었다. 숨도 못 쉴 만큼 너무 기가 막혀, '아, 이래서 하나님이 콧구멍을 두 개 뚫어주셨구나' 하던 그때, 말레비치의 조용히 곱게 떨리는 흰 사각형을 떠올리면 이상하게 안정이 되었다. 그가 인도하는 명상의 세계에 나도 몰래 몰입되었다. 그리곤 마치 노한 파도가 거짓말처럼 잔잔해지듯, 금방이라도 터질 듯했던 마음이 가라앉았다. 구겐하임 미술관 말레비치 앞에 처음 서서, 난 울었다. 고마워서, 너무 고마워서, 그냥 눈물이 났다. 생각했었던 것보다 작고 낡은 흰 사각형에서는 외로움이 절절히 묻어났다. 그도 외로운 사람이었구나, 그래서 그가 나를 위로할 수 있었던 거구나, 그의 영혼과 교감하며 가슴이 저렸다.

그런데 1910년대 추상미술 1세대였던 말레비치는 소련의 사회주의 리얼리즘 아래서 1930년대에 비참하리만큼 완전히 다른 작품을 만들어야 했다. 울긋불긋 나무꾼… 그건 그의 그림이 아니다. 내가 어떤 재료로 어떤 이미지를 만들든, 스타일이 달라져도 나를 아는 사람들은 그게 다 '나'란다. 만일 내가 아니라면 그게 진짜 문제다. 미니멀리스트에 가까운 말레비치에게 그 무슨! 보지 않아도, 듣지 않아도, 저절로 그에게 닥친 상황들을 알 수 있었다. 너무 화가 나서 또 눈물이 났다. 문화, 예술은커녕, 그토록 섬세하고 아름다운 말레비치의 흰 사각형, 한 예술가의 영혼을 잔인하게 짓밟은 반문화의 시대를 향해 분노가 끓어올랐다. 오랜 공산주의 사회 기간 중, 얼마나 많은 고통이 더 있었을지, 충분히 상상이 된다. 그런데도 문화국가? 엄청나게 복잡한 전제를 길게 깔기 전에는 쉽사리 그런 말을 해서는 안 되는 일이다. 나는 그의 신념을 의심하게 됐다.

얼마 전 교회 한 공동체에서 기도 제목들을 적어내는데, 내가 쓴 걸 보더니, 옆에 있던 30대 초반의 예쁜이 집사가 숨이 넘어가도록 웃었다.

'잘 늙게 해주세요.'

그 나이에는 그게 얼마나 심각하고 절실한 기도인 줄 알 도리가 없겠지… 정말로 잘 늙어 '예쁜' 할머니가 되고, 그러다 잘 죽고 싶다! 겉모습과 속내가, 머리와 가슴이 일치하는 사람으로, 척하지 않고, 입 따로 행동 따로 우습게 굴지 않고, 나를 대할 때나 남을 대할 때나 같은 기준으로 볼 수 있는, 언제나 명랑하고, 주관이 확고하고, 그러니까 당당하고, 자신 있을 수 있는… 원, 바라기는, 욕심도 유분수지!

취리히 아트페어에서 받았던 충격. 아트페어이다 보니 대부분의 관람객이 거리에서 만나는 사람들과는 조금 다른 부류들이었는데, 며칠 동안 그런 사람들을 '떼'로 만나는 건 또 다른 경험이었다. 학생이나 미술계 사람들을 제외하면 거의 중년 이상, 물론 경제적으로도 어느 정도 여유가 있겠지만, 그들에게는 꼭 경제력이 있고 없고와는 무관한, '하나님과 사람 앞에 부끄러울 게 없이 살았다'는 그런 자부심, 겉 다르고 속 다른 자기모순 때문에 엉뚱한 페르소나를 뒤집어써야 하지 않아도 되는 당당함이 있었다. 나도 스스로에게 만족을 못해서 그렇지, 웬만해선 별로 타인으로 인해 주눅드는 타입은 아닌데, 그 사람들 옆에서는 그저 기가 팍 죽었다. 세월이 지난다고 별로 내가 그런 모습이 될 것 같지 않아서 더 맥이 빠졌다. 에휴~

　머리와 가슴이 다른 곳을 보고 있는 자기모순을 과연 어느 정도까지 걷어낼 수 있을까? 그것도 상식적인 기준으로 봐서 선한 곳을 볼 수 있으려면 얼마나 많은 고민과 수양과 내려놓음과 솔직함이 필요할까? 정말 잘 늙고 싶다. 턱없이 과한 소원, 없는 것을 불편해하거나 불평하지 않고, 있는 것을 충분히 즐기고 감사하며, 폐 끼치지 않고, 왕따 되시 않고, 미미하게라도 좋은 영향력을 끼치며 살다가, 서운해할 사람이 남아 있을 때, '너무 많이 아프지 않고' 곱게 죽고 싶다…

아기 예수

예루살렘이 기독교, 유대교, 이슬람교 모두에게 성지인 반면, 예수가 태어난 베들레헴은 기독교인들에게만 성지다. 아르메니아 정교회가 관리하는 탄생교회 제단 밑, 곰팡이 핀 굴속 같은 지하에 별모양으로 표시된 예수 탄생 자리가 있어서 전세계의 기독교인들이 모여드는 곳이다. 그런데 예수탄생교회 정문! 그리로 들어가라는데 기가 막힐 지경이었다. 이게 개구멍이지, 여기 정말 정문 맞나 싶었다. 성스러운 교회의 정문임에도 불구하고, 그 초라함이 너무 지나쳐서 적지 않게 당황스러웠다. 높이는 기껏해야 1.2미터 남짓, 폭은 한 사람 겨우 지나갈 수 있을 정도. 아무 장식 없는 낡은 외쪽 나무문. 아랍인들이 말을 타고 들어오는 걸 막기 위해 낮게 만들었다는데, 말은 고사하고, 거의 누구나 허리를 잔뜩 굽힐 수밖에 없게 만드는 문이다. 원래 목적이야 어쨌든, 너 자신을 낮추고 겸손하게 들어오라는 뜻인 게다. 그러나 문이 하도 작다보니, 키가 크거나 살이 찐 사람들은 낑낑거리며 한동안 애를 쓰고, 줄은 한 없이 늘어지는데, 밖으로 나오려는 사람들이라도 만나면 그야말로 난리 북새통이 따로 없었다. 겨우 그 문을 통과하면 나오는 전실도 문에 비해 하등 더 나을 것이 없는 초라한 작은 방이다. 울퉁불퉁한 흙바닥,

예수탄생교회.

시커멓게 변한 들보가 낮은 천정에 그대로 드러나 있다. 흘낏 보이는 옆방에 붙은 문도 역시 1.2미터! 본당은 천정이 높고 꽤 규모가 큰 로마네스크 양식. 비잔틴 스타일의 모자이크가 벽과 바닥에 일부 남아 있었다.

　차례를 다투는 사람들 뒤에서 오랜 시간을 기다리다 지하로 떠밀려 들어갔다. 곰팡내 나는 작은 방, 예수가 태어나신 자리 옆에서 순례자처럼 검은 옷을 입은 남자가 지나가는 사람들을 아랑곳하지 않고 묵상에 잠겨 있었다. 어두워서 그의 얼굴은 잘 보이지 않았지만 퍽 진지해 보였다. 주께서 이 남자의 기관지를 지켜주시기를! 그의 곁을 지나쳐서 나도 그 별을 한번 쓰다듬어 보았다. 그래, 여기가 바로 그 마구간 자리란 말이지! 저기 어두운 구석에서 소들이 착한 눈을 끔뻑이고 있었을까? 짚이며 배설물로 지저분하고 냄새나는 곳이었겠지? 의사도 산파도 없었지만 무사히 태어나신 게 참 고맙고, 나이 어린 마리아가 애처로웠다. 예수는 초라하게, 가난하게 태어나셨다. 초라하고 가난한 사람이 대부분인 세상에서, 그 중에서도 가장 초라하고 가난하게.

탄생 자리.

갓 태어나 피부가 새빨간 작은 아기가 새근새근 잠든 자리, 그의 평화롭지만 쓸쓸하고 슬픈 숨소리… 내게 예수의 이미지는 늘 외롭고 슬프다. 생각만 해도 기뻐야

구유 자리.

된다던데, 하지만 믿음은 적고 오지랖만 넓은 나는 죄송스럽게도 그가 그저 안쓰럽기만 하다.

예수의 유년 시절을 알 수 없는 것은 참 아쉬운 부분이다. 어릴 때 어떻게 성장했는지 보여주셨다면 좋았을 텐데!

심리학에서는 한 아이가 자기 자신과 외부에 대해 긍정적이고 열려 있느냐, 부정적이고 닫혀 있는 사람으로 자라느냐가 만 세살 이전에 결정된다고 말한다. 부모가 아이에게 영향을 미칠 수 있는, 그러니까 가장 중요한 부모의 역할은 거기서 끝난다. 그저 먹이고 씻기고, 입히기만 하면 되는 줄 알았었는데! 참 무서운 일이다. 아이의 태도, 자세가 어떤 방향으로 향해 있느냐에 따라 타고난 재능을 최대한 발휘할 수도 있고, 아무리 뛰어난 재능을 갖고 있어도 자신감 없이 지레 움츠러들어 기회가 있어도 나서지 못하는 사람이 될 수도 있다. 내가 자랄 때 얘기는 젖혀두더라도, 아들 키우면서 그런 걸 다 알았다면 어땠을까? 어쩌면 더 잘하기는커녕 너무 긴장해서 죽을 쑤었을지도 모른다는 생각이 든다. 그러나 특별한 전문 유아교육 역시 능사는 아닌 것 같다. 아기에게는 가끔 보는 낯선 선생님보다 엄마 내지는 주 양육자가 더 중요하다. 그저 많이 웃어주고, 눈 맞춰주고, 안아주고, 약속을 지키고, 일관성 있고, 거부하지 않고, 사랑해 주는! 어려워라! 그리고 성취감을 꼭 느끼게 해줘야 한다고 생각한다. 한두 돌 된 아기들에게도 놀라운 눈치와 능력이 있는 걸 봐왔다. 아기들에게 수준에 맞는 적당한 도전 기회를 주고, 기다려 주고, 성취감을 맛보게 하고, 구체적으로 칭찬해야 한다. 성취감을 많이 경험하면 자신감 있고 긍정적인 아이로 자란다.

마리아와의 관계, 요셉, 동생들, 친척들, 친구들, 랍비, 이웃들⋯ 어린 시절, 성경에는 별로 나와 있지 않은 공생애 이전의 모습도 알려주시지! 우리가 허둥대고 힘들어하는 많은 관계들의 정답을 보여주셨을 것 같다. 예수가 인간으로 세상에 오신 것은 인간의 죄를 모두 대속하기 위해서란다. 인간의 고통도 그래서 직접 겪었다고 성경은 말한다. 그렇다면 인간의 가장 큰 고통의 근원, 관계에서 오는 갈등도 경험하지 않았을까? 그는 어떤 '인간'이었을까? 예수의 형제와 사촌들이 신앙을 지키고 순교했다는 사실은 많은 이야기를 시사한다. 그는 그들에게 좋은 형이었던 게 틀림없다. '자기 아들이나 집사에게는 영웅인 사람이 없다'는 말이 있다. 그만큼 가족, 가장 가까운 사람에게 흠을 보이지 않기 어렵고, 영웅의 본모습은 어쩌면 부끄러울지도 모른다는 뜻이다. 그런 의미에서 예수와 거의 평생을 함께 산 동생들이 그를 구세주로 믿고 생명을 바친 것은 놀랍다. 그들이 어떤 세상적인 보상을 얻기 위해 예수를 따른 것이었다면(처음에는 그랬다), 그리고 십자가 사건이 끝이었다면, 그날 이후 등을 돌렸어야 말이 된다. 그러나 그들은 순교했다. 여간한 확신 없이 생명을 내놓을 수 없다. 그들이라고 다르지 않았을 것이다.

성전과 모스크, 부모 자식, 형제

 예루살렘의 첫 번째 성전은 아브라함이 아들 이삭을 바치려고 했던 자리에 하나님의 허락에 따라 다윗이 준비해 놓은 자재들을 이용해 솔로몬이 지었다. 지금은 통곡의 벽이라고 불리는 거대한 성벽만이 남아 있다. 그런데 늘 주제보다는 곁가지에 맘이 새는 나는 아브라함과 다윗에게 먼저 신경이 갔다.

 아브라함에게는 두 아들이 있었다. 가문의 정통성을 당당하게 잇는 적자 이삭과 이삭에게 해를 끼칠까 염려되어서 쫓겨나는 첩의 소생 이스마엘. 나는 이스마엘을 향한 아브라함의 사랑에 대해서만은 절대 의심하지 않는다. 아브라함에게 이스마엘은 자식을 거의 포기하고 있던 노년, 86세 때 얻은 귀한 아들이었고, 14년 후, 이삭이 태어나기 전까지는 유일한 자식이었다. 그러니 어찌 사랑하지 않았겠는가! 하나님께 이스마엘을 위해 축복을 구하는 아브라함의 모습이 성경에 분명히 나와 있다. 이삭이 '젖을 떼고' 난 후, 사라는 이스마엘이 이삭을 '희롱', 영어 성경에는 'mocking' (조롱하다. 놀리다. 흉내 내다. 신체적인 위협이 될 정도의 의미는 아니다) 하는 것을 보고 아브라함에게 내쫓으라고 요구한다. 옛날에 젖을 떼는 나이는 3세 내외, 그러면 이스마엘은 한창 사춘기인 17세. 어릴 때는 부잣집 외아들로, 집안의 꽃으로 부족함 없이 자랐지만 어느날 본부인이 아들을 낳자 갑자기 모든 게 달라졌다. 아버지도 전 같지 않다. 눈치 빠른 아랫사람들도 자기를 무시하는 듯하다. 그러니 그의 10대 시절은 얼마나 힘들었을까. 그래도 쫓겨나리라고는 상상도 못했을 터, 그렇지 않아도 힘든 사춘기를 보내던 그에게 완전히 대못을 박는, 최후, 최고의 결정타였을 것이다. 사라가 걱정한 대로 장차 장자권에 대해 위협이 될 수는 있었겠지만 대부분의 열일곱 소년들은 아직 그걸 진지하게 의식해서 세 살짜리 동생을 제거할 정도까지 잔인하지는 않다. 이삭은 그의 입장에서는 어디까지나 동생이었다. 질투와 서운함, 열등감, 혹은 야심 때문에 뭔가 쫓겨나도 할 말 없을 만한 위해를 가했을 거라는 해석이 있지만 그건 열일곱, 남자가 될락 말락 하는 사내아이들이 어떤지, 너무 모르는 이야기다. 그 또래는 자존심이 아주 강하다. 자기 상대로서 부끄럽지 않을 정도라야 싸움이 되지, 너무 약한 상대와 싸우라면 오히려 아주 기분 나빠한다. 서른 살 대 열여섯 살의 대립 구도도 아니고, 세 살짜리 동생은 상대로 삼기에는 너무 자존심이 상하는 아기에 불과하다. 아들을 키워본 엄마의 경험상, 이스마엘이 의도적으로 이삭을 해코지했을 가능성은 거의 없다. 그저 아기의 반응이 재미 있어서 장난삼아 약 올리고 놀려댄 정도였을 것이다. 친형제 간이라도 자라면서 충분히 그럴 수 있다. 그러나 사라는 장래를 걱정했다. 이삭은 뒤에 나오는 이야기들로 미루어볼 때 되도록이면 분쟁을 피해 가는, 좋게 말하면 아주 온유하고 얌전한, 그러나 소극적이고 내성적인 성격의 인물이었고, 후에 광야에서도 살아남아

'활 쏘는 사람'이 된 걸 보면 이스마엘은 어릴 때부터 적극적이고 외향적인, 생존력이 강한 성격이었을 테니 사라가 자기 아들이 밀릴까 염려했을 수 있다. 그러나 원래 첩을 들인 게 사라의 요구 때문이었는데 쫓아내라니, 그러면 안 되지… 게다가 가장 문제가 되는 부분, 이스마엘은 맨몸으로 쫓겨난다. 비록 서출이었다지만 아버지가 부유한 족장이었는데, 물 한 통, 빵 한 덩이만 달랑 지워서 광야로! 그게 죽으라는 소리지, 아무리 하나님의 약속이 있었다 해도, 아직 성년도 안 된 아들인데 살 도리를 마련해 주고 모양 좋게 독립시켰어야지, 어떻게 그럴 수가, 아무리 마누라가 무서워도 절대로 그러면 안 되는 거였다. 실수였건, 잘못이었건, 자식에 대해서는 끝까지 책임을 졌어야지! 그럼에도 이스마엘이 원한을 품지 않았다면 그게 더 이상하다.

이스마엘은 결국 아랍 민족의 시조가 된다. 그러니 시작부터 유대와 아랍, 두 민족 사이는 결코 매끄러울 수 없는 관계. 지금 첫 번째 성전 자리를 차지하고 서 있는 이슬람의 황금 모스크는 터키가 예루살렘을 점령하고 지은 것이다. 아브라함이 믿음의 선조라고 할 때마다 내 맘속에는 의문부호가 뜬다.

하나님이 가장 사랑하신 인간 중의 하나이며 유대인의 최고 영웅이라는 다윗도 마찬가지다. 모자라고 비겁하기가 이를 데 없다. 권력을 얻고 안정되고 나면 그렇게 되는 걸까? 다윗의 가장 큰 잘못은 충성스러운 우리야를 죽이고 그의 아내를 취한 일이었을 것이다. 그런 인간으로서 해서는 안 되는 짓을 할 수 있었던 사람이었으니, 자식들과 아내들에게 평소에 어떻게 대했을지, 안 봐도 뻔하다.

그의 첫 아내인 미갈, 성경에 나오는 가장 안쓰러운 인물들 중 하나다. 다윗을 읽다가 그녀에게 신경 쓰느라 성경이 전하고자 하는 메시지를 놓치기도 한다. 다윗에 관한 모든 사건은 거의 전적으로 그에게 호의적인 시각에서 기록되었다. 핑계대지 않고 철저히 회개해서 괜찮았다는 식으로… 그가 승자였고, 하나님께서 그를 사랑하셨다니까. 그러나 미갈의 입장에서 보면, 다른 이야기가 있다.

미갈은 사울 왕의 딸인 공주였고, 다윗을 사랑했다. 아버지는 딸의 사랑을 이용해 다윗을 위험에 빠뜨리려고 했지만 그녀를 얻기 위한 다윗의 적극적인 행동으로 결혼은 성사되었다. 과정이야 어쨌든, 미갈은 다윗을 사랑했으므로 행복해했을 것이다. 그녀는 아버지가 남편을 죽이려 하자 거짓말로 다윗의 피신을 돕기까지 했다. 그런데 오래 도피생활을 하고 외국으로 망명해야 했던 다윗은 그 과정에서 적어도 여섯 아내를 얻는다. 그 소식만으로도 미갈은 충분히 기막혔을 것이다. '내가 자기한테 어떻게 해줬는데, 공주인 내가 보잘것없었던 그를 사랑했고, 아버지까지 속이고 생명을 구해 주지 않았던가, 그런데 다른 여자들을 얻어?' 미갈의 심정은 그렇지 않았을까? 그러나 그녀는 나중에라도 궁을 떠나 다윗을 따라나설 용기는 없었던 듯하다. 그게 미갈의 한계였다. 그런데 사울 왕은 그녀를 다른 남자에게 또 시집보낸다. 아버지를 거역해서는 안 되던 때, 게다가 아버지가 절대권력자였으니 미갈로서는 반항할 수 없었을 것이고, 거기에 다윗에 대한 배신감과 외로움이 더해졌으리라. 훗날 다윗이 왕이 된 나이가 서른이었으니 두 번째 결혼을 할 때 미갈은 그보다 젊었을 것이다. 이미 충분히 사나운 팔자,

그러나 아직 한창 나이, 그때부터나마 별일 없이 살았다면 좋았으련만, 사울 왕과 오빠 요나단이 블레셋과의 전쟁에서 사망한 후, 다른 오빠와 신하들이 다윗과 싸우는 과정에서 미갈은 다시 다윗에게로 보내진다. 다윗의 요구였다는데, 그냥 조용히 살게 두지… 기왕 팔자 고치고, 잘 살고 있는 걸. 그간의 행태로 보아 다윗에게 무슨 대단한 애정이 남아서였을 리도 없고, 소위, '남자의 자존심' 때문이었으리라고 생각된다.

이래서 다윗이라는 사람에게는 영 호감이 가질 않는다. 어쩌면 그렇게 이기적인지, 조금이라도 그녀를 배려했다면 그리는 못했을 것이다. 거기다 가장 큰 비극, 그녀의 두 번째 결혼은 행복했다. 다윗에게로 보내질 때, 남편이 내내 울며 따라오다가 위협당하고서야 돌아갔다는 이야기에서 그 부부간의 애정이 보인다. 첫 남자에 대한 사랑, 헌신, 이별, 그의 배신, 두 번째 남자와의 행복, 타의에 의한 강제 이별… 무슨 이런 '막장 드라마'가 있나! 그녀는 다윗이 언약궤를 모시며 춤추는 것을 비웃었다가 완전히 버림을 받는다. 자식도 없었다. 성경에는 철없는 미갈이 잘못했고, 그러므로 벌을 받아 마땅하다는 어조로 기록되어 있지만, 그녀의 입장에서 보면, 여자로서 당한 일들을 생각하면, 마음이 짠하다. 참 기구한 인생.

다윗은 당연히 좋은 아버지도 못되었다. 도피, 망명, 전쟁으로 얼룩진 세월 속에 결혼으로 만든 혼맥을 정치적으로 이용했던 다윗은 우선 좋은 남편이 아니었고, 남편으로 부족한 사람이 결코 제대로 된 아버지일 수는 없는 법이다. 게다가 다윗의 아들 압살롬의 입장에서는 배다른 형제 솔로몬은 정당한 관계에서 태어난 왕자가 아니었다. 그러니 솔로몬을 후계로 삼으려는 다윗의 뜻을 받아들일 수가 없어 반란을 일으켰다. 아버지에 대한 분노와 원망이 얼마나 컸던지, 그는 일시적으로 궁을 점령했을 때 백주 대낮에 궁궐 옥상에서 공개적으로 아버지의 후궁을 범하기까지 했다. 다윗은 아무 잘못이 없었는데 압살롬이 원래 천하에 몹쓸 놈이었다는 식의 설명은 무책임할 뿐 아니라 맞는 말도 아니다. 불효자는 부모가 '만들기' 때문이다.

압살롬에게 잘못이 없었다는 건 결코 아니다. 그는 절대 해서는 안 되는 짓을 했다. 그러나 원인이 없이 결과만 뚝 떨어지는 경우는 절대 없다. 인간의 본성상, 그리고 내 경험으로 봐도 부모 자식 간의 사랑은 어디까지나 내리사랑인 게 자연스럽다. 부모가 자식을 사랑하는 것보다 자식이 부모를 더 많이 사랑하기란 거의 불가능에 가깝다. 동시에 너무나 고통스럽게도, 모든 문제 또한 내리 문제라는 사실 또한 진리다. 즉, 문제부모가 문제아를 '만든다'. 문제아로 태어나는 아이는 없다. 태어나는 것이 아니라 만들어진다. 효자도 불효자도, 자신의 재능을 선하게 쓰는 사람도 악하게 쓰는 사람도, 속을 들여다보면 거의 예외 없이 그 부모에게서 원인을 찾아낼 수 있다. 얼마나 많은 자녀들이 부모를 원망하고 미워하면서, 부모를 미워한다는 사실 때문에 죄의식을 느끼며, 자책하며, 그러면서도 스스로의 상처를 극복하지 못해 자신도 나쁜 부모가 되는 악순환을 계속하고 있는지!

솔로몬에게 왕위를 물려받은 그의 아들은 문자 그대로 나라를 말아먹었다. 여자 문제에 있어서만은 다윗보다 더했던 솔로몬 역시 절대 좋은 아버지는 아니었다. 보고 배운 게 어디 가랴!

게다가 형제간의 관계, 이것 역시 부모가 하기 나름이다. 형제간의 관계가 얼마나 어려운 일이면 성경에 나오는 첫 형제 이야기가 살인으로 끝났을까? 카인과 아벨의 이야기에서 부모인 아담과 이브의 역할은 나오지 않지만 분명히 뭔가 내막이 있었을 것이다. 부모 입장에서는 자식들을 모두 사랑한다고 주장한다. 단지 아이들이 다 다르고 형편이 다르므로 '다르게' 사랑할 뿐이다. 그러나 '다른' 사랑은 자식 입장에서는 명백히 차별이고 상처다. 그런 상처가 쌓여 관계를 왜곡시키는데, 부모가 끊임없이 개입하고 외부 요인(카인의 경우에는 하나님)까지 끼워넣으면 문제는 걷잡을 수 없이 커진다. 카인은 하나님과의 관계 이전에 부모와 동생과의 관계에서 이미 큰 문제를 갖고 있지 않았을까? 살인, 그것도 형제간에, 하루 이틀 쌓인 감정이나 원한 정도로는 저지를 수 없는 기막힌 일이다. 아무리 천인공노할 몹쓸 짓을 한 사람도 어린 시절부터 살펴보면 반드시 원인이 차곡차곡 쌓여 있음을 보게 된다. 다윗 자신도 잘난 형들에 눌려 지내던 상처받은 막내아들이었다. 그의 아버지는 형들만을 인정했다. 이스마엘과 이삭, 유대인과 아랍인, 압살롬과 솔로몬…

국가와 사회에는 죄송하지만 아이가 하나라 천만 다행이지! (사실 내가 가임여성으로 분류되던 시기에는 '둘도 많다' '한 집 건너 하나'가 슬로건이었다. 이제 와서 비애국자 취급을 받는 건 좀 억울~) 두고 두고 생각해 봐도 나는 솔직히 자식들을 고루 사랑할 수 있는 사람이 못된다. 틀림없이 차별하고 비교하고 편애했을 게 틀림없다. 게다가 나는 공평한 사람이라고 우기기까지 하면서… 상처 있는 인간 하나를 세상에 더 보태지 않았으니 그건 다행이려나? 어쨌든 내 주제에는 외동이가 딱 맞았다.

　문제에 사로잡혀 상황을 악화시키기만 했던 다른 성경의 인물들과는 달리, 요셉은 자신을 죽이려 하고 이집트에 노예로 팔아버린 형들을 용서하며 악순환의 고리를 끊었다. 요셉 같은 위대한 용서의 인물이 없다면 고리는 결코 끊어지지 않는다.

　용서만이 많은 문제의 유일한 해답이다. 그리고 무엇보다 상대를 위해서가 아니라 스스로를 위해서 용서해야만 한다. 부모와 형제뿐 아니라 자신을 정당하게 대하지 않은 상대방을 용서해야 용서도 못하는 못난이라는 자책감에서 벗어나게 될 뿐 아니라, 자기 자식들을 비롯해 주변에 나쁜 영향력을 끼치지 않을 수 있다. 여기까지는 멋진, 남에게 말로 하기는 쉬운, 그럴듯한 '정답'!

　그런데 어떻게 용서할 수가 있나, 심지어 대부분의 경우, 상대방은 자신이 잘못했다는 인식도 전혀 없다. 그러므로 내게 용서해 달라고 잘못을 빌 리도 없는데, 그런 사람을 용서해 주라고? 그게 도대체 어떻게 말이 돼? 억울하고, 원통하고, 화가 나서, 손이 발이 되게 빌어도 용서해 줄까 말까인데, 하물며 그냥 용서해 줄 수는 없지 않은가! 오랫동안 이 문제에 대해 누구보다 치열하게 고민했다. 무엇보다 내가 너무나 힘이 들어서 그만 용서하고 다 털어버리고 싶은데, 그게 절대로 안 되었다. 안 된다기보다는 하고 싶지 않았다는 것이 더 솔직한 표현이다. 성경과 상담을 공부했고, 그래서 정답은 알고 있었을지 모르지만, 정작 나는 웅덩이에 빠져 허우적대면서도 아무 줄도 잡으려 하지 않았다. 내가 가진 패러다임으로는 용서를 한다는 뜻은 상대방의 행동이 잘못이 아니었다고, 그(녀)가 좋은 사람이라고, 인정하는 것과 같았다. 용서하면 상대의 잘못이 없어지고 지워지는 줄 알았다. 그리고 내 흑백논리로는 그(녀)가 좋은 사람이면 그(녀)와 갈등이 있는 내가 나쁜 쪽이라는 건데, 그러니 어떻게 용서하느냐고!

그러나 C.S. 루이스가 내 생각을 돌려놓았다. 루이스만큼 탁월하게 용서에 대해 고찰하고, 실현 가능한 방법까지 제시한 글은 처음이었다. 나는 뭔가 가능성이 느껴지는 열쇠를 얻었다. 그는 용서한다고 해서 상대방이 좋은 사람이라고 생각하거나, 잘못이 없었다고 해주지 않아도 된다고, 그리고 내가 용서해도 그 잘못은 없어지는 게 아니라고, 당연히 그 잘못에 대한 벌도 남아 있다고, 명쾌하게 설명했다. 단지 벌 주는 일이 내 손을 떠났을 뿐이라고 말한다. 어떤 위대한 어머니가 자기 아들을 죽인 살인자를 용서해 주었다고 해서 그 죄인이 치러야 할 죗값이 없어지지 않는 것과 같은 이치다. 그의 논리는 큰 설득력이 있었다. 어머나, 너무 고마워라, 그 정도는 나도 할 수 있을 것 같았다. 아직은 갈 길이 멀고 많은 용기와 격려가 필요하지만, 나는 비로소 용서의 첫 단추를 꽤 잘 끼운 기분이다.

그런데 용서하기 위해서 반드시 먼저 해야 할 일이 있었다. 이해. 용서는 상대방을 진실로 이해했을 때만 가능하다. 그 사람도 힘든 인생을 살았구나, 상처받은 영혼이었구나, 그걸 해결 못해서 종로에서 뺨맞고 대신 내게 화풀이한 거였구나, 그렇게 조금씩 알아가고, 이해하면 용서의 실타래가 풀리기 시작한다. 이런 마음을 성경에서는 긍휼이라고 표현한다. 그러나 어떤 사람, 행동에 대한 이해가 곧 용납은 아니다. 이해와 용납은 별개의 문제다. 이해는 하지만 그 사람이 잘못한 건 여전히 남아 있다. 흔히 말하는, '죄를 미워하되, 인간은 미워하지 말라' 뭐 그 비슷한 개념이다. 환경이나 이유가 어찌되었든, 모든 행위의 궁극적 책임은 자기 자신에게 있다.

이해의 눈으로 보자면, 요셉의 형들에게도 할 말은 있었다. 그들의 아버지인 야곱은 가장 사랑하는 여인의 아들인 요셉을 심하게 편애했고, 열 명의 형들을 제치고 장자권을 상징하는 색동옷을 공개적으로 요셉에게 입혔다. 부모의 절대적인 사랑으로 버릇없이 못되게 자랐음이 분명한 어린 요셉은 꿈 이야기를 하면서 요즘 애들 말로 '완전 재수 없이' 굴었고, 아버지에게 형들의 잘못을 고자질하는 존재였을 뿐이었다. 꿈 이야기는 사실이었고, 요셉은 그저 있는 대로 이야기한 것일 뿐, 잘난 척하려는 의도는 없었을지 모른다. 자랑은 인간의 본성이다. 그러나 자랑은 그렇게 함부로 해서는 안 된다. 누군가는 그 자랑 때문에 상처 받는다. 그는 형들 입장에서 보자면 차라리 없는 게 편한 동생이었을 뿐 아니라, 열한 번째지만 워낙 총애하는 아들이니, 재산 상속 문제에 있어서도 존재 자체가 큰 위협이었다. 그래서 분노와 원망, 질투에 눈이 멀어 절대로 해서는 안 되는 잘못을 저질렀다.

아마도 요셉은 이집트에서 억울하고 황당한 여러 고난을 겪으면서 자신에 대한 형들의 마음을 조금씩 이해할 수 있었던 게 아닐까? 버릇없고 잘난 척하는 17세 소년이 생각이 깊고 다른 사람을 배려하고 이해하는 어른으로 변화되는 데 13년의 고통이 필요했다. 그는 이해했으므로 용서할 수 있었고, 증오와 미움의 그림자를 가문에서 걷어낼 수 있었다고 생각한다.

그러나 성경에는 요셉이 한 말이 분명히 기록되어 있다. 아버지 야곱이 세상을 떠나고 형들이 요셉이 복수할까 두려워 그를 찾아가 무릎을 꿇었을 때, 그는 '내가 하나님을 대신하리이까?'라며 형들을 안심시킨다. 그 말은 요셉의 용서의 성격을 잘 드러낸다. 그는 결코 심판이 없다고는 말하지 않았다. 단지, 절대자의 권위와 공의로움을 전폭적으로 신임했으므로 심판의 역할을 대신 맡겼고, 스스로를 죄와 용서와 복수의 복잡하고 어려운 굴레에서 빼냈다. 그렇다면 형들은 어땠을까? 과연 그들도 죄의식과 자책감에서 자유로워질 수 있었을까? 글쎄… 용서를 통해 가장 큰 이익을 본 사람은 누구보다 요셉 자신이었다. 그래, 이런 게 용서라면 언젠가 내게도 가능할 수 있겠다…

예수는 인간이 겪는 모든 고통과 유혹을 경험하셨지만 죄를 짓지 않았다. 인간이 태어나 처음 겪는 고통, 시험은 부모 형제, 즉 가족과의 관계에서 온다. 예수도 어린 시절을 지냈고, 동생들이 태어났으니 형제간의 갈등, 부모 자식간의 갈등을 어떻게 겪고, 어떻게 이겨냈는지 알 수 있으면 좋으련만. 카인과 아벨에서 시작되는 형제간의 갈등은 이스마엘과 이삭, 야곱과 에서, 요셉과 형제들, 성경에

기도쪽지를 끼워넣은 통곡의 벽.

수도 없이 나온다. 부모 자식간의 갈등도 마찬가지다. 아브라함과 이스마엘, 이삭과 야곱, 에서, 다윗과 압살롬 등, 자세히 들여다보면 평생 정신과 치료를 받아야 할 사람들이 널렸다. 아브라함, 에이브러헴이나 다윗, 데이비드라는 이름을 가진 사람들을 보면, 그 이름을 지어준 부모들, 나라면 절대 안 그랬겠다고 생각하곤 했다. 난 내 아들이 절대로 그런 인물이 되지 않기를 바란다. 내게 그들은 본받을 점보다는 흠이 훨씬 많다. 만일 내 남편이 그런 사람이라면? 어머나, 저는 됐거든요… 그러나 부족한 사람일지라도 참아주시고 심지어 사랑까지 하신다는 이야기니, 참 다행이기는 하다!

하나님은 제사지내러 왔다가 형제간에 불화한 일이 생각나면 가서 화해부터 하고 오라고 말씀하셨다. 그런데 성전에 얽힌 인물들의 관계부터 보통 문제가 있는 것이 아니었으니 이를 어째! 지금 통곡의 벽에서 기도하는 많은 사람들, 화해는 다 제대로 하고 왔으려나? 에고, 일단 나는 못 들어가겠네!

통곡의 벽 앞에 메모지를 쥐고 줄을 섰다. 내 앞에 서서 기도하는 소녀는 작은 경전을 손에 들고, 입으로는 뭔가를 계속 외우면서, 통곡의 벽에 기대어 하염없이 울고 있었다. 갈색 곱슬머리가 가는 어깨 위에 파들파들 떨렸다. 기껏해야 열예닐곱 정도밖에 안 되어 보이는데, 무슨 설움이 그리 많아서… 너도 나중에 절대로 젊은 날로 다시 돌아가고 싶지 않다고 하겠구나… 애야, 그래도 살아보렴, 어차피 다른 수도 없다면, 되도록 재미 있게 살려고 애써 보렴. 그녀의 기도는 끝날 줄을 몰랐고, 나는 그 옆자리를 비집고 들어가 내 쪽지를 겨우 끼워넣었다. 찜찜했다. 다른 곳과 다름없이 통로 좌우에는 푼돈을 구걸하는 아랍계 여인들 수십 명이 우울하고 화가 잔뜩 난 얼굴로 앉아 있었다. 영 개운치 않았다. 이럴 때는 혼자인 게 너무 좋다. 나 스스로도 정확히 집어내기 힘든 이 복잡한 느낌을 설명하려고 애쓰느라 더 언짢아지지 않아도 되니까…

갈릴리

　담수호인 갈릴리 호수는 길이 21킬로미터, 너비 12킬로미터, 갈매기도 흔하게 눈에 띈다. 호수의 수면이 해수면보다 정확히 212미터 낮다보니 유대산맥에서 불어 내려오는 바람이 상당히 강하다. 작은 배는 쉽게 엎어버릴 만한 폭풍도 분다. 또 일기예보가 어려울 정도로 갑자기 돌풍이 불고 날씨가 급변한단다. 내 눈으로 보고 나서야 제자들을 겁쟁이라 여겼던 내가 틀렸다는 걸 알게 되었다. 바다도 아니고, 물결이 세봐야 얼마나 높을 거며, 또 망망대해가 아니라 호수인데, 파도가 세지면 육지로 금방 올라가면 되지 뭐, 파도 때문에 죽게 되었다고 난리쳤나, 어부들이었다면서 엄살이 보통이 아니구먼… 그런데 그게 아니었다. 호수를 가로질러 가버나움으로 건너가는 뱃길이 꽤 먼 건 물론이었고, 맑은 날인데도 파도가 만만치 않아서 폭풍이 이는 밤이라면 어부들의 작은 배에서 생명을 위협 당한다고 느낄 만했다. 죄송해요, 제자님들, 제가 잘 몰라서 오해했네요. 훗날 사도 요한 하나를 빼고 모두 순교한 그들은 예수의 부활과 성령강림 이전에도 절대 겁쟁이는 아니었다. 다만 자연의 일부로, 자연을 경외하며, 죽음을 두려워하며 살던 생활인. 현장에서 발견할 수 있었던 제자들의 모습이었다.

거기서 나는 또 한번, 수십 년간, 어린이 성경 이야기부터 수십, 수백 번은 족히 읽었을 성경과 소통하지 못했다는 것을 깨달았다. 여태껏 그렇게 큰 호수를 본 적이 없었던 나는 잘 알지도 못하면서 멋대로 '제자들은 겁쟁이'라고 단정 지었다. 그리고 그 편견을 바탕으로, 그들에 대해 읽을 때는 물론, 그들의 서신서를 읽을 때조차 '성령 세례 후 변화된, 그러나 근본은 겁쟁이'라는 전제를 깔았다. '소통'이 현대인의 가장 큰 문제라고 배웠고, 종종 실감하며 살았지만, 나름대로 이해하고 있다고 믿었던 성경의 소소한 부분들조차도 제대로 모르고 있었다니!

남편은 뭔가 아들과 이야기가 막히면 녀석에게 마이너스 숫자에 대해 처음 이야기했을 때의 이야기를 종종 하곤 한다. 나로서는 천만다행, 고맙기 그지없게도, 아들의 수학은 절대적으로 침범할 수도 없고, 침범해서도 안 되는 남편의 신성불가침 영역이었다. 초등학교 저학년, 0 밑에도 수가 있다는 설명을 들은 아이는 코웃음을 쳤다. '원, 내 참, 내가 어리다고 이렇게 막나가도 되나? 내가 바본가, 그것도 모를까봐? 속을 줄 알아요?' 하는 표정으로! 스물여덟인 지금도 그 이야기가 나오면 녀석은 멋쩍게 머리를 긁으며 일단 일보 후퇴한다.

아이를 키우며 비슷한 일이 많았다. 미국 초등학교에 전학 간 지 며칠 후, 학교 끝나고 차에 올라타자마자, 녀석은 신이 나서 물었다.

"엄마, 나 '부재요'에서 온 친구들이랑 놀았어, '부재요'가 어디야?"

"응? '부재요'? 그런 나라는 없는데?"

"에이, 엄마 그것도 몰라? '부재~요'!"

"…? '부재요'? …! 브라질?"

"아냐, '부재요'! '부재~요' 랬어!"

애들 발음으로 '브라지~으' 하는 게 제 귀에는 '부재~요'라고 들렸던 거였다. 아이가 '부재요'는 브라질이고, '헤어!'가 '헬프!'라는 걸 알게 되기까지 그리 오래 걸리지 않았다.

제한적인 자기 프레임에만 의지하면 소통은 그렇게 대책 없이 꽉 막힌다. 그리고 소통이 막힌 곳에 대화나 토론이 제대로 될 리가 없다. 그래서 세상은 답답하다. 그러니 더이상 고집부리지 말고 한 번만이라도 내 생각을 의심해 봐야지! 마이너스나 브라질이 자기 프레임에 들어 있는가의 여부와 마이너스와 브라질의 실재 여부는 전혀 상관이 없다는 사실을 인정하며, 인정받으며 살고 싶다.

마태복음 5장의 산상수훈 설교 장소는 산이라기보다는 나지막한 언덕이었다. 지형이 변한 건가? 성인 남자만 5,000, 총 2만 명이었다는데 다 어디 앉았을까? 마이크가 있나, 확성기가 있나, 말씀이 도저히 다 들릴 수가 없을 자리인데? 그것부터 기적이었구나… 어린아이의 도시락, 떡 다섯 개와 물고기 두 마리로 5,000명을 먹이신 기적의 현장. 그때 아이가 내놓았던 그 물고기는 오늘날 관광객들이 무조건 먹어보는 베드로의 물고기, 민물 농어, 배스가 아니라 이름 없는 작은 잡어였을 게다. 그날, 2만 군중 속에 뭔가 먹을걸 가지고 있었던 사람이 절대로 그 아이만은 아니었을 텐데, 자기 것을 나누어 먹자고 내놓은 사람은 오직 아이 하나뿐이었다. 참 인간이란, 설교를 직접 듣는 그 자리에서조차 그렇게밖에 못하는 존재인지! 그러니 그런 사람들을 가르쳐보겠다고 목이 다 쉬셨을 예수가 참 안타까울 수밖에… 오죽 맥이 빠지셨으면 설교 후에 혼자 떠나셨을까! 나중에 모든 사람들이 다 배불리 먹는 걸 보면서 자기 도시락을 몰래 혼자 먹어치웠던 사람들은 기분이 어땠으려나? 그게 바로 내 모습이다. 이기적이 되고 싶을 때마다 잊지 않고 기억해야겠다.

대체로 평지인 갈릴리 호수 남쪽은 개발이 잘 되어 있지만 북쪽은 거의 거친 산지다. 여호수아 가나안 정복 전쟁에 등장하는 '하솔왕 야빈'의 땅. 양을 방목하던 광야에는 들꽃이 천지였다. 아무데서나 성경의 인물들이 튀어나와서 당시 역사를 들려주었다. 기원전 2600년경의 주거지와 성곽 발굴이 계속되고 있는데 솔로몬이 북쪽 국경을 지키기 위해 쌓은 성벽과 요새도 나왔다. 주변에 널린 바위를 다듬지 않고 그냥 쌓아서 거칠지만 남성적이고 강한 느낌이었다.

거의 모든 역사는 승자의 입장에서 기록된다. 성경에 기록된 이스라엘 민족의 가나안 전쟁 이야기도 유대인의 입장에서 본 승자의 역사다. 그러나 가나안 원주민들 쪽에서는 어땠을까? 애써서 가족을 지키고, 작은 부족국가로 힘겹게 자리 잡고 살던 사람들이 어느 날, 어떤 낯선 민족이 듣도 보도 못한 신의 명령이라면서 자기네 땅을 빼앗으러 온다는 소식을 듣는다면! 몇백 년 전 그 지역에 살았었다고는 하지만 가나안을 떠나 이집트로 이주할 때 유대인은 70

여 명, 그저 한 집안 규모였다. 유목민이어서 자기 소유라고 할 수 있는 땅은 아브라함의 무덤, 막벨라 동굴 정도밖에 없었다. 그러니 '원래 우리 땅이다'는 말도 안 되는 주장이고, '하나님이 주셨다'는데, 도대체 무슨 그런 황당한 소리를! 그런데 엄청난 대군이 파죽지세로 남쪽에서 올라오고 있단다. 게다가 문제의 그 '하나님'이 보통 센 신이 아니라는 소문도 들려온다. 그야말로 기가 찰 노릇이다. 그것이 하솔뿐 아니라 가나안에 있던 많은 부족국가들이 처했던 상황이었다. 그러나 성경을 읽으며 가나안 원주민 처지에 가슴 저려하는 사람이 얼마나 되려나. 역사뿐 아니라 소설, 영화나 이야기를 볼 때, 사람들은 대개 자신을 승자나 강자, 혹은 선하고 정당한 쪽에 둔다. 예를 들어, 탕자의 비유에 나오는 큰아들과 탕자인 작은아들 중 자신을 작은아들과 동일시하는 사람은 거의 없다. 나역시 그렇다. 집에서 아버지 말씀 잘 듣고 얌전하고 성실하게 일해온 큰아들이 유산을 미리 받아 홀랑 날리고 거지꼴이 되어 돌아온 동생에 대한 아버지의 환대에 분노하는 것은 당연하다고 생각한다. 그러나 반대편에서 보면 완전히 다른 이야기가 된다. 만일 내가 바로 그 작은아들이라면, 그리고 내가 가나안 입성 때 그곳에 살고 있던 부족의 일원이었다면, 전자는 감사가 넘치겠지만, 후자는 원망과 억울함에 억장이 무너졌으리라. 똑 같은 고통, 상처가 20세기에 가나안에도 되풀이되었다. 웬 역사의 아이러니인지…

코서

유대인은 정말로 율법에 정해진 대로만 먹는다. 구약에 그 세세한 설명이 나와 있는데, 내게 가장 인상적이었던 특징은 허락된 짐승이나 가금류라도 순식간에 고통이 가장 적도록 도축한 경우에만 먹을 수 있고, 고기와 그 젖을 함께 먹을 수 없다는 두 가지였다. 생명 존중 내지는 피조물, 심승의 품위를 존중하는 자세릴까? 우리나라 농부들이 받기 위해 애쓰는 유기농 인증처럼 코서(유대교가 정한 여러 가지 조건을 지켜 생산된, 랍비의 승인과 축복을 받은 음식이나 식재료를 일컫는 단어. 이슬람의 할랄과 비슷한 개념이다) 인증도 까다로운 자격이다. 일단 인증을 받으면 판매에 절대적으로 유리하기 때문에 거의 생산자의 생존이 걸린 문제란다.

하지만 이스라엘에서는 그러려니 해도 미국에서조차 코서 상품이 인기인 건 아무리 미국에 유대인이 많이 산다고 해도 좀 의아한 일이었다. 그런데 알고 보니 미국에서 코서라는 말은 곧 안전하고 깨끗하고 믿을 수 있는 식품이라는 말과 동의어였다. 먹을거리뿐 아니라 샴푸, 치약 등 생활용품들까지도 코서 인증 상품들이 있고 비싼 가격에도 잘 팔린다. 점점 많은 비유대인들이 이용하는 추세라 전문점이 아니라도 웬만큼 규모가 되는 슈퍼마켓에서는 아시안

푸드 섹션 못지않은 코셔 섹션을 운영하는 걸 흔하게 볼 수 있다.

처음 코셔를 접한 게 1990년이었다. 보스턴에서 내가 살던 동네는 유대인이 많이 사는 곳이었고 당시만 해도 그렇게 흔하지 않던 코셔 상품만 취급하는 가게들이 오밀조밀 한 구역에 모여 있었다. 기독교인으로 태어나 자랐어도 정말로 구약성경에 정해진 그대로 먹고사는 사람들이 있다는 걸 처음 알았다. 그렇지만 그 내용을 세세하게 알지 못했고, 쪼들리는 외국 살림에 구태여 엉성하고 비싼 그 상품들을 이용할 이유도 없었던 나는 그저 추상적으로만 코셔를 인식하고 있었다. '뭐 그런 게 있다더라' 정도의 느낌. 그런데 그걸 크게 실감할 날이 오래지 않아 닥쳤다.

초등학교 3학년 아들의 미국학교 첫 담임선생님, 체격이 크고 갈색머리, 웃음소리가 호방하지만 눈매가 날카로운 40대 중반의 노처녀였는데 사실 난 그녀가 유대인이라는 것도 몰랐다. 쉽게 눈치 챌만한 유대계 이름이 아니기도 했거니와 머리색이나 코 모양(나는 확실히 선입견의 지배를 강하게 받는 부류다), 복장도 전혀 그런 내색이 없는 사람이었다. 알파벳조차 제대로 모르는 채로 떡하니 학교에 다니기 시작한 아들놈을 위해 너무나 감사하게도, 그녀는 정말 실력 있고, 정성스럽고, 아이들을 진심으로 사랑하고, 경험이 풍부한, 내가 겪어본 초등학교, 아니, 모든 학교 선생님들 중 단연 최고의 선생님이셨는데, 그녀도 내 맘을 알아줬는지 우리는 좋은 친구가 되었다.

그녀를 집으로 초대한 날, 내가 짠 메뉴는 바비큐 LA갈비, 대하구이, 연어회, 샐러드, 김치와 호박나물, 밥. 외국인들에게 가장 호감도가 높아 흔히 한국 사람들이 외국인들에게 대접하는 전형적인 상차림이었는데, 아, 당황스럽게도 그녀는 갈비와 대하에는 손도 안 댔다. 세상에, 알레르기가 있는 것도 아닌데, 그 맛있는, 세계 어디서나 고급식품으로 대우받는 새우를 안 먹는 사람들이 있다는 걸 그날 처음 알았다. 그녀는 웃으며, 자기는 유대인이라 비늘이 없는 것과 적절하게 처리되지 않은 육류는 못 먹는다고 상냥하게 설명했다. 대신 어릴 때부터 안식일 아침에 훈제연어를 먹곤 해서 연어회는 좋아한다고, 호박나물도 너무 맛있고, 푸슬푸슬한 밥 안 좋아하는데 우리 쌀밥같이 차진 밥이 맛있다고 나를 안심시켰다. 유대인들은 코셔 식당에 가지 않는 한 외식할 때 거의 채식주의처럼 먹어야 한다며, 그래서 자기 고양이들도 채식주의자여야 시는 게 편하다고, 특유의 호방한 웃음을 날렸다.

와, 이 사람들 진짜 이렇게 사는구나! 정통 유대주의자와는 거리가 있어 보이는 그녀조차 이 정도니, 그래서 그 코셔 가게들에 늘 그렇게 사람들이 복닥거렸던 거로구나! 그 이후 코셔에 대해, 율법에 정해진 규례와 언약, 그걸 한 단어 한 단어 그대로, 문자 그대로 지키는 데 대해 다시 생각해 보게 되었다. 이 정도의 순정은 있어야 믿는다고 말할 수 있는 거였을까?

쫀득하니 맛있게 잘 삶아진 돼지고기를 입안에 돌리면서, 달달한 게살을 발라 먹으며, 새삼스레 예수께서 세상에 오신 걸 감사한다! 에고, 하마터면 이 맛있는 걸 못 먹고 살 뻔했잖아!

예수의 포도주

성경에는 공생애 이전 예수의 생에 대해 별로 이야기가 없다. 따라서 병을 고치고 기적을 행한 능력이 그때부터 생긴 건지, 그 전에도 있었지만 비밀이었는지는 알 수 없다. 능력이 있었음에도 감추셨을까? 하지만 적어도 아픈 사람들, 고통을 보고도 그냥 둘 분은 아니니, 이전에는 능력이 허락되지 않았었다고 생각해도 되려나, 궁금하다. 기록에 남은 예수의 첫 기적은 물로 포도주를 만드신 일이었다. 하필이면 성스럽지 못하게스리 첫 이적(異蹟)이 술이냐고 짐짓 비아냥대는 얘기도 들은 적이 있다. 진짜 왜 포도주였을까? 가나에 가보면 그 답을 볼 수 있으려나…

갈릴리 가나, 혼인 잔치가 있었던 집터에 지었다는 혼인잔치기념교회 지하에 항아리들이 놓여 있다. 처음엔 설정이 과한 느낌이라 실없이 웃음이 났다. 그러나 2,000년 전의 항아리들을 직접 보고 나니, 왜 포도주여야 했는지까지는 아니더라도, 하인들이 말도 안 되는 예수의 지시를 군말 없이 따랐던 게 예삿일이 아니었다는 한 가지는 분명하게 알 수 있었다. 당시 그는 아직 세상으로 나서시기 전이었다. 그러니 그가 어떤 능력을 가진 인물인지 하인들이 알고 있었을 가능성은 거의 없다. 그런데 이름 없는 청년 예수에게 어떤 특별함이 있었기에, '택도 없다'고 코웃음을 치며 무시하지 않고, 크고 통통한 항아리에 물을 가득 떠서 채우고 연회장까지 나르는 수고를 했을까? 궁금하기도 했고, 성경에 한 자리를 차지할 만한 순종이었다는 게 실감이 났다. 그 순종으로 그들은 예수가 지상에서 베푼 첫 이적의 증인이 되었다!

공생애를 시작하기 전이었음에도 불구하고 예수가 가나에서 능력을 드러내신 것이 아버지 없는(혼외의, 즉, 남편의 아이가 아닌) 아이를 낳아 기르느라고 많은 손가락질을 당했을 마리아를 위한 보상이었다는 설교를 듣고 감동했었다. 아, 어머니를 위로하셨구나, 어쩌면 섬세하기도 하시지, 그런 아들이 있었으니, 마리아는 정말 좋으셨겠네. 사실은 가나에 산 가장 큰 이유도 그런 사랑을 느껴보고 싶어서였다. 그런데 혼인잔치기념교회 안에서 상상으로 인물들을 등장시켜 연극을 꾸며보다가 성경의 다른 부분들로 장면을 넓혀보니, 조금씩 '이건 좀 아니지 않나' 하는 생각이 들었다. 가나의 결혼잔치는 마리아의 친척집이었다는 전설이 있고, 성경에, 하인들에게 미리 '이르시는 대로 하라'고 말씀하시는 장면이 있지만, 글쎄…

요셉은 '의로운 사람이라' 마리아의 혼전임신 사실을 알고 '조용히' 끊으려 했다. 즉, 소문내거나 자기가 나서서 마리아를 정죄할 의도가 없었다는 뜻이다. 그리고 꿈 속에서 천사로부터 전후사정을 전해 들은 후에는 헌신적으로 마리아와 아기를 돌본 것으로 보인다. 그러므로 친척들과 주변 사람들이 예수의 탄생 배경을 낱낱이 알고 있었으며, 그래서 마리아가 손가락질 당했다는 추측에는 무리가 있다. 많은 사람들에게 알려졌다면 요셉 본인이 나서지 않았더라도 마리아가 아무런 벌을 받지 않고 무사히 지나갔을 수는 없는 것이 율법이었기 때문이다. 세례요한의 어머니 엘리자베스와 요셉 이외의 누구도 그 사실을 알고 있었다는 어떤 암시도 성경에는 없다. 예수가 고향인 갈릴리에서 가르치셨을 때, 그곳 사람들은, '이 사람이 요셉의 아들이 아니냐' 라며 그를 받아들이지 않았다. 그들에게 예수는 어디까지나 '요셉의 아들'이었지, 달리 생각하지 않았다는 증거로 볼 수 있다. 그렇다면 포도주의 이적은 아들이 어떤 존재인가에 대한 확신을 가질 수 있게 해서 장차 마리아가 겪게 될 일에 대해 마음의 준비를 시키신 것이었다는 설명이 더 설득력 있지 않을까?

성경에는 예수의 어린 시절이나 성장 과정에 대한 이야기는 거의 없다. 기껏해야 갓난아기 때의 사건 몇 가지와 열두 살에 성전에 홀로 남은 일 정도. 성전 사건은 도대체 말이 안 된다. 세상에 어떤 부모가 이틀이나, 그것도 낯선 여행길에 아들이 안 보이는 걸 모를 수 있다는 말인가! 친척들, 이웃들과 함께여서 어딘가 잘 있으리라고 여겼다지만 그 정도로는 납득되지 않았다. 마리아와 요셉은 처음부터 예사롭지 않은 아이를 키우게 되었음을 알고 있었다. 그리고 예수는 자라면서 범상치 않은 모습을 많이 보이셨을 것이다. 그 특별한 아이가 이틀이나 없어졌는데 몰랐다니! 그런데 예수는 성전에서 부모님을 다시 만나, '아버지의 집에 있는 것이 당연하다'고 당당히 말한다. 유대인에게는 '하나님의 아들'이라는 개념은 절대로 있을 수 없는, 있어서도 안 되는, 최고의 신성모독이다. 그야말로 집안이 풍비박산 날, 완전히 뒤집어질 이야기. 애가 큰일 낼까봐 전전긍긍했어야 하겠지만, 마리아는 그저 마음에만 담았다고 하고, 요셉은 어떻게 반응했는지조차 구체적으로 나와 있지 않다. 성전에서의 마리아와 요셉의 반응을 보면서 예수와 부모의 관계, 왜 곁에 없어도 걱정하지 않았는지를 어렴풋이 짐작해 볼 수 있었다. 그들에게 그는 이미 '하나님의 아들'이었다. 그리고 그 믿음에 걸맞게 예수는 너무나 어른스럽고, 믿음직하고, 단 한번도 걱정을 끼치거나 사고 친 일이 없는 아이였을 것이다. 그토록 황당한 말을 해도 흥분하거나 요란 떨지 않는 엄청난 신뢰가 그들 사이에 있었는데, 까짓 며칠 안 보이는 정도를 뭐 염려했겠는가. 부러워라. 그야말로 절대적인 '엄친아'! 하지만 나라면 그런 아들, 정말 부담스러웠을 것 같다. 총명하고 온순하고 속이 깊어, 어른스럽고 믿음직하지만, 도대체 속내를 알 수 없는 아들, 게다가 특별하게 잉태되었다는 사실을 한시도 잊을 수 없었을 테니, 아무리 부모라도 이래라 저래라 하기는커녕, 그 앞에서 함부로 말도 행동도 못하고, 얼마나 어렵고 힘든 존재였을까! 이건 마치 난리통에 오로지 하나뿐인 왕자 아기씨를 숨어서 키우게 된 충직한 종의 이야기 같다. 게다가 그 왕자가 너무나 번듯하고, 착하고, 총명하게 자랄 때, 그의 심정, 어렵고, 힘들고, 부담스럽지만, 동시에 자신만이 아는 비밀, 큰 자랑과 영광과 자부심, 요셉과 마리아의 마음도 그와 같았을 것이다. 포도주의 이적에 마리아를 위로하려는 뜻이 있으셨다면 그런 어려움과 부담감을 보상하고 보람과 자랑을 확실하게 세워주시려는 것이 아니었을까?

포도주는 예로부터 유대인들에게 중요했다. 구약은 물론 신약에도, 성경에는 포도주와 관련된 이야기가 많이 나온다. 성찬식에서 포도주스 같은 달달한 국산 성찬용 포도주를 한모금 꼴딱 마실 때면, 예수께서 마지막 만찬에서 드셨던 포도주는 어떤 맛이었을까, 가끔 딴 생각을 하기도 했었다. 경건한 분위기에 안 어울리게, 뚱딴지같이! 그 포도주를 꼭 한번 맛보고 싶었다.

프랑스 포도 재배업자들이 잘 쓰는 표현 떼루아르(terroir), 즉 포도 종자나 포도주 제조 방법도 중요하지만, 그 땅이 어떤 땅인가, 흙은 어떤 흙이며, 땅 밑 바위와 흙의 비율은 어떤가 등등이 포도주의 맛을 결정하는 데 많은 영향을 끼치고, 그렇기 때문에 어느 나라 와인도 프랑스 와인과는 견줄 수 없다는 주장에 어느새 세뇌 당했는지, 가나안의 포도주도 달랐을 거라고, 예수의 고향땅이 뭔가 절묘한 포도주 맛을 냈었을 거라고 상상했었다. 하지만 나름대로 와인을 마신 지 제법 되었는데, 여태껏 이스라엘 포도주가 세계적으로 유명하거나 생산량이 많다는 이야기는 들어본 적이 없었고, 이전에 맛을 볼 기회도 전혀 없었다. 하지만 놀랍게도 포도주는 이스라엘의 주요 수출품 가운데 하나였다. 어라? 그렇다면 이스라엘 포도주의 품질이 아주 좋다는 이야기일까? 왜 이제껏 한번도 접해 볼 기회가 없었던 걸까?

가나안의 포도밭은 오랜 기간 버려졌다가 근대에 들어서야 비로소 재건되기 시작했는데, 그 주역이 로쉴드 가문이었다. 프랑스 재계, 와인 업계의 거물인 로쉴드 가문은 19세기, 유대정착촌 건설이 시작되었을 때, 거금을 들여 그 사업을 적극적으로 후원했다. 그러면서 그들이 처음 심게 한 작물이 포도나무였다. 로쉴드 가문이었으니 어쩌면 당연한 일. 그 땅의 소산으로 만든 포도주를 들고 당시 이주민들이 느꼈을 감동이 얼마나 컸을지! 나름대로 예수님의 포도주를 앞에 두고 설레어하는 내 기분과는 비교할 수도 없었을 게다. 드디어 가나안의 포도주로 안식일과 절기에 축복을 할 수 있게된 것이었으니까. 유대인들은 코서와인만 축복용 포도주로 쓸 수있다. 가나안에서 쫓겨나 이방을 떠돌며, 율법에 따라 제대로 축복하지 못했던 한을 비로소 풀 수 있게 만들어준 포도주. 그리고 그게 바로 이스라엘의 포도주가 주요 수출품이 된 이유였다. 유대인들은 세계 어느곳에서든 잘 살아남았고, 그렇게 전세계로 퍼져나간 정통파 유대인들은 이스라엘 산 코서와인을 절대적으로 필요로한다. 그러므로 유대인이 있는 곳이라면 어디로든 이스라엘 포도주가 가야 한다. 그러니 돈 버는 일이라면 누구에게도 지지 않는 유대인들이 그런 장사 기회를 놓쳤을 리 없고, 자연히 수출량이 많아지게 된 것이다. 원래는 축복용으로만 허용되었지만, 요즘은 이스라엘의 유대인들도 포도주를 즐겨 마신단다. 대홍수에도 살아남을 수 있었을 정도로 경건한 하나님의 사람이었지만, 포도주 때문에 사고 친 노아의 자손이다보니… 해안가 야트막한 구릉에 단정하게 잘 가꾸어진 키 작은 포도밭이 많이 눈에 띄었다.

그러나 내 기대가 너무 컸었던 때문인지, 솔직히 내가 마신 와인의 맛은 전반적으로 좀 실망스러웠다. 제대로 된 걸 고르지 못해서였겠지만 거칠고, 향기가 덜하고, 너무 가벼웠다. 그 동네에서도 프랑스 와인을 더 쳐주는 걸 보면 맛에 대해서는 자신들도 현실을 인정하나보다. 하긴 처음부터 순전히 감상적인 이유에서 비롯된 관심이었다. 그리고 가난한 목수이셨던 예수가 비싼 포도주를 드실 수 있었을 리는 만무하니, 이스라엘 포도주 중 가장 흔하고 값싼 종류인 게 분명한, 내가 맛보았던 그저 그런 하우스 와인이 그가 드셨던 포도주의 맛과 제일 가까운 게 아니었을까?

떡과 만나

　우리말 성경에는 빵이 '떡'이라고 번역되어 있다. '떡을 떼셨다' 는 말은 빵을 손으로 뜯었다는 말이다. 빵은 기본적으로 곡물가루 반죽을 누룩, 즉 이스트, 효모로 발효시켜서 만드는데, 유대인들이 유월절(이집트 탈출을 기념하는 절기)에 먹는 무교병은 이스트를 넣지 않아서 딱딱한 빵, 빵이라기보다는 뻣뻣한 괴지에 가깝다. 당시 빵 만드는 일은 시간과 노동이 드는 복잡한 일이었다. 그러므로 이집트 탈출의 날, 급히 떠나는 길에서는 무교병을 먹을 수밖에 없었을 것이다.

　오늘날 만들어지는 대부분의 빵에는 생 이스트나 드라이이스트가 쓰인다. 가정에서도 쓰기 편하게 만들어져 시장에 흔하게 나와 있지만, 옛날에는 빵을 만들려면 천연효모를 사용해야 했다. 천연효모 빵은 시간도 많이 걸릴 뿐 아니라 까다로운 조건이 갖추어져야만 제대로 만들어진다. 요즘도 옛 방식대로 천연효모 빵을 만드는 빵집들이 있다. 'sour dough bread'라고 불리는 텁텁하고 시큼한 맛의 천연효모 빵을 만드는 전문 베이커리는 대단히 성업중이고, 자연식품이라고 여겨져서 그런지 갈수록 인기다. 그러나 정말 만들기 어렵다. 우선 밀가루와 물만을 묽게 개어 적절한 온도와 습도를 제공하면 하룻밤 내지는 일주일(!) 후, 운이 좋으면, 공기 중에 떠다니는 균들이 작용을 해서 보글보글 발효된다. 이게 스타터. 드라이이스트 대신이라고 할 수 있고, 성경에 나오는 '누룩'도 그 비슷한 것이었다고 생각된다. 스타터는 온도와 습도가 조절되는 발효기가 없다면 제대로 만들기가 거의 불가능하다. 쉬거나 썩거나 곰팡이가 피거나… 일단 스타터가 되었다고 치고, 여기에 밀가루를 더 넣어 반죽한다. 그 과정조차 만만치 않다. 드라이이스트보다 약하기 때문에 발효시간이 적게 잡아도 서너 배 이상 걸린다. 발효시키고, 공기 빼고, 다시 발효시켜서 화덕에 구우면 빵 완성. 남겨둔 스타터에 계속 새 반죽을 조금씩 보충해 주면 냉장고에서 오래 보관할 수 있지만 사막을 건너는 먼 길에 어떻게 만들고, 유지하랴!

미국 서부개척 시대의 이야기 〈초원의 집(The Little House on the Prairie)〉 저자인 로라 잉걸스는 먹을것이 워낙 궁핍했던 어린 시절을 보낸 탓에 음식에 특히 집착하는데, 그녀가 쓴 'By the Shores of Silver Lake'에 보면, '밀가루 조금하고 따뜻한 물을 병에 넣어서 시큼할 때까지 두고' '언제나 조금 남겨서 따뜻한 물과 새 반죽과 섞어 행주와 접시로 덮어 따뜻한 곳, 화덕 옆의 선반에 두면 필요할 때 늘 쓸 수 있다'고 설명하고 있다. 혹시 이대로 따라 해서 성공적으로 빵을 만들었다면 그건 기적에 가깝다. 치밀하면서 폭신한, 제대로 된 과줄이나 산자 만들기만큼 어려운 일이다. 가장 큰 문제는 '화덕 옆의 선반'에 있다. 실내 온도와 습도가 당시와는 다르기 때문이다.

20세기 초반까지, 보드랍게 발효된 빵은 특별한 조건, 시간과 노

이슬람식 빵.

력이 필요했다. 곡물의 껍질을 벗기고 빻아 가루를 내는 과정과 굽는 일은 젖혀두더라도… 난 참 좋은 시대에 살고 있구나! 그러니 이집트를 떠날 때 광야에서 유대인들이 먹을 수 있었던 빵은 당연히 무교병일 수밖에 없다.

우리나라에서는 6월 25일에 보리밥으로 만든 주먹밥을 먹어보는 이벤트성 행사를 하는 데 비해 유대인들은 유월절이면 모든 사람이 며칠 동안 반드시 무교병을 먹는다. 호기심에 먹어봤다. 거부감이 확 이는 '선상식', 뻣뻣한 통밀과자, 정말 맛없었다! 조상의 '고난의 시대'를 실감하기에 더이상 적합한 맛이 있으려나 싶을 정도로 맛이 없었다.

이집트를 떠나고 오래지 않아 그들은 무교병조차 더이상 먹을 수 없게 되었다. 가지고 나온 식량이 떨어졌기 때문이다. 성경에는 잘 살고 있는 자신들을 뭐하러 데리고 나와 굶어죽게 하느냐고 백성들이 모세를 원망했지만, 하나님께서는 만나와 메추라기를 내렸고, 광야 생활 내내 부족하지 않게 그들을 먹이셨다고 나와 있다. 따라서 '만나'라는 단어는 하늘의 음식, 하나님의 은혜와 축복의 상징으로 여러 기독교 단체나 기업체에서 즐겨 택하는 이름이다.

하지만 만나가 정말 축복이었을까? 메추라기 외에 다른 음식에 대한 언급이 없으니, 수십 년을 오직 만나만 먹고 산다면! '갓씨'

처럼 생기고, '꿀맛 나는 과자'를 만들었다는 만나를 하루 세끼…
365일 꼬박… 오로지 그것만… 올해도… 내년에도… 10년 후에
도… 끔찍해라! '악' 소리가 절로 나온다. 그건 사는 게 아니다. 그
냥 '연명'이지!

'광야에서 굶어죽은 사람이 없었고, 신발이 해진 일도 없었다'는
데서 보듯이 하나님의 특별한 은혜였음에는 틀림없다. 하지만 그
게 축복이라…? 철없이 먹는 호사를 너무 좋아하다 보니 만나까지
도 삐딱하게 보이는구면.

젖과 꿀이 흐르는 땅

유대인들에게 가나안은 반드시 '젖과 꿀이 흐르는 땅'이어야만 한다. 400년 종살이 끝에 이집트를 탈출한 유대인의 무리가 싸워 얻은 가나안은, 정탐꾼들의 표현을 빌자면, 과연 '젖과 꿀이 흐르는 땅'이라고 했었다. 하나님께서 그들의 조상에게 약속하셨던 땅이었으므로 가장 살기 좋은 곳이어야 하는 땅이었다. 하지만 19세기에(시오니즘 운동, 유럽으로부터의 유대인 가나안 이주는 2차대전 이후가 아니라 19세기에 이미 시작되었다) 막상 그들이 돌아가서 맞닥뜨린 땅은 거의 불모지에 가까웠다. 그들은 결코 그걸 팔자려니 하고 받아들일 수가 없었다. 체념하는 대신, 그들은 과연 유대인다운, 유대인만 가능할 것 같은 해결책을 내놓았다. '젖과 꿀이 흐르는 땅을 만들자!' 엄청나게 머리가 좋고 우수하지만, 참으로 무서운 데가 있는 민족이라는 내 선입견에 딱 들어맞는 선택이었다. 그리고 정말로 만들어냈다!

이스라엘 젖소의 마리당 우유 생산량은 유럽 1위다. 그 정도면 '젖이 흐른다'는 표현이 부끄럽지 않다. 그들은 2모작으로 여름철에 목화를 주로 재배하다보니 목화씨를 사료로 주어서 그렇다고 설명하는데, 목화 많이 심는 나라가 이스라엘 하나만 있는 것도 아니고, 이유가 꼭 그것뿐이겠는가? 어떻게 하면 우유를 더 내는지 연구를 거듭해서 '젖이 흐르는 땅'을 스스로 만들어낸 것이리라.

꿀은 유대인의 명절 식탁에서 빼놓을 수 없는 기본 식품 중 하나. 꿀이 들어가면 이스라엘에서는 일단 전통 명절 음식 내지는 잔치 음식이라고 봐도 된다. 인생의 달콤함을 의미한다나? 디저트는 물론 빵에도, 소스에도, 꿀이 맹활약한다. 그만큼 많이 먹는다는 이야기인데 꿀 생산량도 충분히 자급하고 남는단다. 원래 사막이나 고지대, 툰드라 등 환경이 열악해서 짧은 기간 동안에만 식물이 자랄 수 있는 지역에서 나는 꿀이 얻기는 힘들어도 더 향기롭다. 단기간에 싹트고, 꽃을 피우고, 씨를 맺어야 다음 세대를 기약할 수 있는 식물들의 꽃은 곤충들을 효과적으로 유혹하기 위해 색이나 향기가 훨씬 진하고, 때문에 꿀도 진한 맛이다. 건조한 광야가 많은 이스라엘 꿀도 진하고, 풍미가 좋았다.

단지 젖과 꿀뿐 아니라 과일과 식량을 자급할 수 있다니, 인구가 700-800만으로 국토 면적에 비해 적다는 점을 감안해도 꽤나 놀라운 일이다. 유럽이나 미국 슈퍼마켓에서 흔하게 많이 보는 '자파오렌지'. 싸고 맛있어서 늘 많이 사 먹으면서도 난 그게 그냥 오렌지 품종의 이름인 줄 알았었다. 심지어 이스라엘에서 오는 오렌지인 줄도 몰랐는데, 자파는 이스라엘의 항구였다. 거기서 질 좋은 오렌지가 얼마나 많이 수출되었기에 그게 아예 고유명사로 굳어질 정도였을까!

2차대전 후 그들에게 주어진 땅은, 이집트에서 탈출한 그들의 선조들이 보고 감탄했던 젖과 꿀이 흐르는 비옥한 땅은 결코 아니었다. 그럼에도 악착같은 끈기와 유난스럽게 뛰어난 머리, 피나는 노력, 이 땅이 하나님께서 그들의 조상에게 주셨고, 그들과 그 후손에게 주실 선택된 땅이라는 절대적 믿음으로 젖과 꿀이 흐르는 땅을 스스로 만들어낸 것이다. 어쨌든 참 대단한 민족임에는 틀림없다.

이스라엘 사람들이 하는 농담 중에, 젖과 꿀이 흐르는 이스라엘에 한 가지가 없는데 그게 뭐냐는 퀴즈가 있다. 정답은 석유. 아랍 국가들은 석유 매장지를 깔고 앉았는데, 바로 옆에 붙은 가나안에서는 석유가 한 방울도 나지 않는다. 하나님은 이지 머니(easy money)를 좋아하시지 않는 게 틀림없다. 에덴 동산에서 아담을 쫓아내시며, 이제부터는 네가 땀 흘려 수고해야만 먹을 것이라고 하신 걸 보면, 유대인에게 주셨던 땅이 왜 히필 석유 한 방울 묻혀 있지 않은 거기여야 했는지 알 수 있을 것 같다. 그들 스스로도 땅 밑 50센티미터에 자원이 없는 대신 지상 170센티미터에 집중해야 한다고 주장한다. 인간의 두뇌, 그들이 가진 거의 유일한, 가능성 있는, 의지할 수 있는 자원이었다.

인간의 두뇌에 집중하기 위해 그들은 무엇보다 교육을 소중히 여겼다. 유대교는 '배움'과 '전승'의 종교다. 예루살렘이 로마군에 점령당해 성전이 무너진 후, 뿔뿔이 흩어진 유대인들은 가는 곳마다 회당을 가장 먼저 지었다. 회당은 지역사회의 중심이었으며, 거기서 랍비가 예배뿐 아니라 교육을 담당했다. 물론 잘 알려진 대로 교육은 가정에서도 철저히 이루어졌다. 유대교 명절날, 할아버지부터 꼬마손자까지, 모두 검은 중절모에 검은 코트, 흰 와이셔츠 차림으로 성전으로 나온 가족들. '전승'의 실체를 보았다! 그게 유대

성전에 기도 나온 유대인 가족.

인을 유대인 되게 하고, 황무지를 '젖과 꿀이 흐르는 땅'으로 바꾸어 세상 누구도 이스라엘을 만만히 볼 수 없게 한 힘이었다.

따지자면 이스라엘보다는 우리 형편이, 우리가 차지하고 앉은 땅이, 어느 모로 보아도 훨씬 낫다. 게다가 유대인 못지않게 머리까지 좋은 백성이다. 단지, 긍정적이고 양심적이었으면 좋겠다. 모두가 규칙을 지키는 나라, 나만 잘하고 있으면 되지, 반칙하는 사람들 때문에 괜히 규칙 지키다가 오히려 손해 볼까, 걱정할 필요 없는 나라에 살고 싶다. 꽉 막힌 교차로에서 무슨 수를 써서라도 코끝이라도 디밀지 않으면 절대로 움직일 수 없다는 교훈을 마음에 깊이 새기고 살지 않아도 되는 나라를 손자 손녀에게 물려주고 싶다.

내게도 성지순례였을까?

이스라엘 여행에서 화려하고 웅장한 건물이나 값진 보물들을 보게 되리라는 기대는 애당초 하지 않았었다. 그런 건 이미 유럽 각지의 대성당과 박물관에서 족하고 넘치게 보았다. 그저 역사적 자취를 찾아보고, 경험하고, 유대인들의 땅을 밟아보려고 간 것이었다. 그러나 그마저도 욕심이었다. 공부도, 이해노 턱없이 부족했나. 내 선입견이 너무 강했음을 다시 한번 깨달으면서, 들어도, 봐도, 여전히 알 수 없는 수수께끼만 늘어갔다. 어떻게 이들이 수천 년 전, 애니미즘도 아니고, 샤머니즘도 아니고, 신이 절대자 하나라는 신앙을 가질 수 있었을까? 기독교인이나 유대인은 하나님께서 직접 하신 일이라고 받아들이겠지만, 무신론자나 비신자들에게는 또 다른 어리석음의 한 형태로 보이려나?

그렇다고 성지순례도 아니었다. 내가 그곳에서 만난 성지순례의 모습은, 도처에서 맞닥뜨린, 무리지어 예배드리고 기도하는 한국인 순례자들. 영어는 귀를 쫑긋해도 들릴까말까 하는데, 우리말은 웃음이나 감탄사조차 멀리 공중에 떠다녀도 귀에 착착 감기니, 그들의 기도를 듣지 않으려야 않을 수가 없었다. 함께였다면 나도 그들 같았으려나? 복잡한 곳에서 통로를 막고 선 채, 소음까지 몇 배가중시키는, '너무 간절한' 그들의 기도는 나를 매우 불편하게 했다. 회당에서 소리 내서 기도하지 말고 은밀한 곳에서 하라는데…

하지만 기독교인으로서 이스라엘에 다녀가는 데 아무런 특별한 느낌이 없다는 게 마음이 좀 심란했다. 거기서 그를 만나기는 한 건가? 이스라엘을 떠날 때 내 머릿속에는, 예수의 무덤에서 시체를 찾을 수 없어 울고 있는 막달라 마리아에게, '그가 여기 계시지 않고 그가 말씀하시던 대로 살아나셨느니라. 와서 그가 누우셨던 곳을 보라'고 천사가 일러주는 장면밖에 떠오르지 않았다. 승천하신 곳은 말할 나위도 없고, 베들레헴 마구간에도, 감람산에도, 갈릴리에도, 골고다 언덕에도, 그가 장사되었다는 아리마대 요셉의 무덤에도, 예수는 더이상 계시지 않는다. 그의 흔적조차 돌로, 쇠붙이로 가려져 있었다. 그러니까 나는 그를 못 만난 게 맞다. 그저 그가 밟은 땅을 밟았고, 그를 닮은 사람들을 보았고, 그가 쓰신 언어를 들었고(많이 달라졌다지만 내 귀에는 비슷하겠지!), 그가 드신 음식을 먹은 게 다였다.

서울로 돌아온 이후에도 난 감히 이스라엘에도 다녀왔다는 이야기는 못 꺼냈다. 날라리 신자임이 완전 들통 날 것 같아서… 그러나 뭔가 이전과는 확실히 다른 게 있었다. 성경을 읽거나 말씀을 들을 때, 점점 다른 차원으로 보고 있는 게 아닌가! 실감 팍팍 나는 배경과 분장, 분위기가 떠오르면서 '그저 그렇다니까 그러려니 하는 남의 이야기' '배워서 아는 이야기'가 아니라 이해와 공감이 거의 '옆집 이야기' 수준으로 바뀌었다. 그러니까 이스라엘 여행에서 얻은 최고의 경험은 여기저기서 튀어나왔던 성경의 인물들을 직접 만난 것이었다.

이게 바로 산 교육, 현장 학습. 교육이란 자고로 이래야 하는 거다. 나폴레옹과 연합군이 최후의 일전을 벌였던 워털루, 허허벌판에 거대한 원추형 언덕을 덜렁 쌓아놓고 관광객, 특히 유럽 각지의 중고생 수학여행단을 모은다. 워털루에서부터 파리까지 낮은 언덕도 하나 없는 평야라 그곳이 뚫리면 그냥 내달릴 수 있으니, 왜 워털루가 전략적으로 중요한 전투였는지, 왜 쌍방이 전력을 다해야 했는지, 둘러보기만 해도 쉽게 알 수 있었다. 수학여행 온 10대 학생들을 보면서 생각했다. 너네는 정말 좋겠구나! 이렇게 보고 나면 세계사 공부하는 게 얼마나 쉽겠니!

경험도 중요하다. 인간은 자기가 아는 만큼만 보고, 느껴본 만큼만 느낀다. '쩡' 하게 맑은 날, '눈이 부시게 푸르른 날엔 그리운 사람을 그리워하자'를 떠올리며 가슴이 '휭~!' 하려면 그리워도 그리워할 수 없는 경험을 해봐야 한다. 그 맛을 모르는 사람에게 시는 그저 그럴듯한 단어의 나열일 뿐이다. 아무리 간접경험이 많아도 이런 건 안 된다. 그러니 나이도 어쩌면 고맙지! 별일을 다 겪고 산 게 모조리 헛것은 아니었다.

이스라엘에서의 경험 덕에 성경을 읽는 '맛'이 확실히 달라졌다. 베들레헴, 나사렛, 가나, 요단강, 예루살렘, 성전… 연극이나 영화의 장면처럼 배경이 생생하게 그려지고 그 무대에서 예수님과 제자들, 다윗과 요나단이 움직였다. 재미 있어라! 등장인물들이 살아 나오니 그들 하나하나를 인격적으로 이해하려 들고, 사건과 상황에 대해서도 다양한 시각으로 살펴보게 된다.

이제 나는 성경을 전과는 완전히 다르게 읽는다. 가보기를 참 잘했다!

3장

특별히 지어진 유리 건물로 걸어 들어가는 순간, 난 곧바로 그 매력에

완전히 빠져버렸다. 겨울, 그림자가 긴 늦은 오후였다. 마침 문 닫을 시간이 가까운 때여서

관람객들이 거의 없었다. 박물관다운, 아니, 그보다는 신전다운이라고

표현해야 맞을 것 같은 엄격한 침묵이 흐르는데, 저도 모르게 마른침을

꼴딱 삼키게 만드는 묘한 긴장감 속에 신전이 단정하게 서 있었다. 따뜻한

붉은 빛 석양이 나무 그림자를 드리우며 유리천장을 통해 신전을 신비롭게 감싸고,

간결한 돌기둥 신전이 엄청난 카리스마를 내뿜고 있었다.

흥분해 있는 여행자의 마음이 평온하게 가라앉고, 어느때고 잔뜩

움츠려 있는 내 고단한 어깨에서 스르르 힘이 빠져나갔다. 나도 모르게 탄식인지,

감탄사인지, '아!' 짧은 한숨이 터져나갔다. 남성적인, 강한 힘에 완전히

압도되었다. 기둥과 벽에 새겨진 상형문자들이 낮은 음성으로 천천히 속삭였다.

누군가 나를 많이 배려해 주고 있는 것 같은, 안심하라고,

여기서 조금 쉬다가도 좋다고, 토닥토닥 두드려주는 듯,

그건 거의 영적이라고까지 할 수 있을 만한 경험이었다.

환상의 땅

 만화영화나 동화책에 지나치게 몰두해서였는지, 어릴 때부터 이집트는 내게 꿈이었고 신화였다. 사막은 얼마나 낭만적이고, 나일의 태양은 또 어찌나 신비로웠던가! 속눈썹이 긴, 검은 눈의 공주가 베일을 쓰고 비단 방석에 나른히 기대어 배를 타고 나일 강을 내려가면, 흰 옷의 왕자가 새까만 아라비아 종마를 날렵하게 채찍질하며 강변을 나란히 달린다! 꽤 자란 후까지도 그 꿈은 사라지지 않았다. 지구본을 돌리며 이집트 땅을 요모조모 뜯어보면서 하는 공상은 언제나 즐거웠다. 그 땅에 가보리라, 신비롭고 아름다운 여인들과 슬픔이 깊어 촉촉해진 눈을 가진 용사들이 있는 곳. 낙타를 타고 스핑크스와 피라미드를 지나서 사막으로 가리라. 거기서 인간의 언어로는 표현이 불가능한 붉은 빛으로 온 땅을 물들이며 사막으로 가라앉는다는 해를 꼭 보고야 말리라… 아줌마에게도 낭만과 꿈, 만화와 판타지가 살아 있었다. 혹시 사춘기 때 제대로 문제아 노릇을 못해 봐서 모자란 어른이 되어버린 나만 그런 건가, 가끔 염려가 되기는 했었지만…
 나이 먹었어도 공주와 왕자에 대한 환상은 확실히 남아 있다. 그러나 내용이 변했다. 주인공이 달라졌다. 나는 더이상 주인공이 아니다. 로맨스, 판타지 영화나 소설, 심지어 그저 그런 연속극을 볼 때도, 어느때부터인가 주인공보다는 어머니나 후견인의 입장에 대폭 공감하는 나를 발견한다. 그러니 이제 나는 조연이다. 하지만 솔직히 말하자면, 나는 주인공이 아닌 게 너무 좋다.

물러날 때를 아는 자의 뒷모습이 아름답다던가? 하지만 물러난다고 사라지는 건 아니다. 단지 역할이 달라진다고 생각한다. 주인공이 아닌 조연이 되는 것이 주체적으로 자기 인생을 살지 못한다는 의미도 아니다. 어느 인생에나 주연인 시기도 있고 조연인 시기도 있다. 둘 다 장점도 있고 단점도 있고, 각각 다른 재미가 있었다. 역할이 컸는지 작았는지, 남들이 주목했는지 안했는지보다는 그 시기에, 해야 할 역할에 얼마나 충실했는가의 여부가 성공의 잣대였다. 그러니 기왕이면 자신의 역할을 즐겨야 하지 않을까.

천성이 조연인지, 나는 젊어서도 첫눈에 반하는 불같은 연애는 못해 봤다. 이제 새삼 할 수 있으리라는 기대도 절대 없고, 심지어 생각하기도 귀찮다. 내게 〈매디슨 카운티의 다리〉는 다른 세계 사람들 얘기다. 당연히 그런 환상을 좇아 여행을 떠나는 건 아니었다. 하지만 그렇다고 해서 정열도, 꿈도 없는 게 아니라 단지 목표가 다르고, 방향이 다르고, 기준이 다르다. '심드렁한 것'과 '객관적인 것'의 차이는 크다. 그리고 어린 시절의 환상이 태어난 곳, 그 땅과 사람에 대한 애정과 관심은 오히려 훨씬 강하고 현실적이고 포괄적이 되었다.

이집트 땅을 실제로 밟기 전, 내게 가장 실감나게 다가왔던 이집트는 뉴욕 메트로폴리탄 박물관의 덴두르 신전이었다. 파리나 로마, 런던, 뉴욕, 아테네, 어디든 박물관에 이집트가 있었다. 심지어 미라들까지 열 맞춰 자랑스레 전시해 놓은 걸 보고, 저건 좀 너무했다 싶어 언짢아지기도 했을 정도로 온갖 이집트 유물들이 끝도 없이 있었다. 파리와 런던 등에서 교과서에서 보았던 유물들을 눈으로 확인하는 즐거움을 충분히 누리고 얼마간 데면데면해질 무렵, 메트로폴리탄의 신전을 만났다. 메트로폴리탄 박물관에는 아스완 댐 건설로 수몰될 처지에 있었던 아부심벨 신전 등의 유적들을 안전한 곳으로 옮기는 사업에 큰 도움을 준 데 대한 감사의 표시로 이집트 국민들이 미국에 선물한 기원전 15세기의 작은(!) 신전이 통째로 서 있다.

특별히 지어진 유리 건물로 걸어 들어가는 순간, 난 곧바로 그 매력에 완전히 빠져버렸다. 겨울, 그림자가 긴 늦은 오후였다. 마침 문 닫을 시간이 가까운 때여서 관람객들이 거의 없었다. 박물관다운, 아니, 그보다는 신전다운이라고 표현해야 맞을 것 같은 엄격한 침묵이 흐르는데, 저도 모르게 마른침을 꼴딱 삼키게 만드는 묘한 긴장감 속에 신전이 단정하게 서 있었다. 따뜻한 붉은 빛 석양이 나무 그림자를 드리우며 유리천장을 통해 신전을 신비롭게 감싸고, 간결한 돌기둥 신전이 엄청난 카리스마를 내뿜고 있었다. 흥분해 있는 여행자의 마음이 평온하게 가라앉고, 어느때고 잔뜩 움츠려 있는 내 고단한 어깨에서 스르르 힘이 빠져나갔다. 나도 모르게 탄식인지, 감탄사인지, '아!' 짧은 한숨이 터져나갔다. 남성적인, 강한 힘에 완전히 압도되었다. 기둥과 벽에 새겨진 상형문자들이 낮은 음성으로 천천히 속삭였다. 누군가 나를 많이 배려해 주고 있는 것 같은, 안심하라고, 여기서 조금 쉬다가도 좋다고, 토닥토닥 두드려주는 듯, 그건 거의 영적이라고까지 할 수 있을 만한 경험이었다. 영화에도 등장하는 걸 보면 나 말고도 그곳이 매혹적인 장소라는 걸 아는 사람이 많은 게 틀림없다. 이후로 뉴욕에 갈 때마다 거기부터 먼저 찾아가서 오랜 시간을 그 안에서 보내곤 했다. 신전은 한번도 나를 실망시키거나 기대를 저버린 적이 없었다. 그러다보니 종내에는 오랜 친구를 만나는 듯한 따사로운 느낌까지 들었다. 안녕하세요, 저 왔어요, 그 동안 잘 계셨지요?

　가자, 가자, 이집트로 가자! 이 조그만 신전조차도 이렇게 매력적인데, 하물며 이런 게 '드글드글' 하다는 땅이 이 지구상에 있는데, 거길 안 가본다는 건! 참 말도 안 되는 속상한 노릇이리라! 참으로 오래 벼른 후에야 나는 비로소 이집트로 갔다. 어쩌면 난 그 땅을 떠나고 싶지 않을지도 몰라, 행복한 기대에 부풀어서!

나일 강

이집트에서 가장 매력적이라고 느꼈던 것 중 하나가 나일 강이었다. 위대한 문명을 낳은 위대한 강. 이집트 전국을 관통해 흘러서 메마른 땅에 물을 대주었으며, 원활한 수송과 교역, 이동을 가능케 했고, 상류의 비옥한 토양을 하류로 실어 날라 농사에 도움을 주었을 뿐 아니라, 매년 홍수가 난 이후 토지를 측량하고 재분배하느라 수학과 법, 제도, 중앙집권이 일찍부터 확립될 수 있게 한 강. 나일 강 없는 이집트는 존재 자체가 불가능하게 여겨질 지경인데, 그러려니 해서 더 그렇게 보였는지, 아침이면 은빛으로 저녁이면 금빛으로 물드는 나일 강은 분위기 있고 낭만적인 강이었다. 기러기 몇 마리가 날고, 옛적 모습 그대로의 흰 돛을 단 반달 같은 어부들의 배라도 한 척 떠가면, 야자수가 드문드문 서 있는 저편 언덕에 여왕의 행렬이 지나가는 듯한 여유로운 착각마저 일었다.

그러나 '강의 역사적, 문화적 역할이 어쩌고' 하는 건 뭘 모르는 철없는 생각이었다. 책임져야 할 가족이 생기고 나서, 무엇보다 엄마라는 입장에서 보니, 그렇게 간단히 결론을 내려버릴 문제는 결코 아니었다. 홍수가 문명 발전에 유익했다고는 해도, 말이 그렇지, 매년 되풀이되는 엄청난 홍수 한가운데서 갈대로 엮은 배에 의지해 위태로운 목숨을 이어가야 했던 당사자들, 대다수의 일반 국민들에게는 그게 얼마나 지긋지긋하고 힘든 일이었겠는가!

아들이 돌이 채 안 되었던 어느날, 민방위 훈련이 있는 15일도 아닌데, 갑자기 천지에 사이렌이 요란하게 울렸다. 방송마다, '이것은 실제 상황입니다. 국민 여러분, 실제 상황입니다.' 떨리는 목소리! 지금도 그 음성이 생생하게 귀에 울릴 지경이니 당시의 충격이 오죽했으랴! 조그만 12층 아파트에서, 아기와 단둘이, 본능적으로 잠든 아들을 안아올리고, 기가 턱 막혔다. 이걸 데리고 어딜 가라고! 목욕은, 기저귀는, 빨래는, 유선염 때문에 갑자기 억지로 젖을 뗀 지 얼마 되지도 않았는데, 뭘 먹여! 소독은 다 어떻게 하고! 어른들이야 어찌어찌 해본다 해도 아기에게는 이건 아니었다. 경황중에 주섬주섬 정신없이 되는 대로 챙기다가, 아기를 안은 채로 그 자리에 맥없이 풀썩 주저앉았다. 아가야, 고생고생하다 죽느니 차라리 우리, 사는 날까지 여기서 같이 있다가 한 날 가자꾸나! 엄마가 너랑 있어줄게! 천만다행히, 그날의 소란은 이웅평 소령이 미그기를 몰고 갑자기 귀순한 때문이었다. 지난 다음에는 추억이지만, 당시의 황망함과 절박함이라니! 내 뼛속까지 깊이깊이 새겨졌다. 교육적 효과 하나는 정말 대단했던 사건이었다. 엄청난 홍수가 갑자기 밀려들 때, 고대 이집트 아기엄마들도 나처럼 당황하지 않았을까? 상상만 해도 끔찍해라!

비교할 데 없이 소중한 인류 공통의 문화유산들을 다 물 속으로 가라앉힌다고, 어쩌면 그렇게 비문화적인 발상을 할 수 있는 미개

한 나라냐고, 말이 많았다는 아스완 댐. 결국 유네스코와 미국 등의 대규모 원조로 대표적 유적들은 옮겼다지만, 굳이 발굴단 동원하지 않고도 웬만한 데 삽으로 조금 긁기만 하면 뭔가를, 하다못해 돌쪼가리 하나라도 건질 수 있다는 동네인지라, 그 호수 바닥 밑에 무엇이 함께 가라앉았을지, 아무도 모르는 일이 아닌가? 서양미술사 시간에 그 이야기를 들으며 한동안 흥분했었다.

그러나 아스완 댐 앞에 서보니, 다른 이야기가 보였다. 얼마나 많은 사람들이 이 댐 덕에 안전해졌는지, 얼마나 넓은 사막에 물을 대고 개간할 수 있게 되었는지, 얼마나 많은 밤을 밝히고 공장을 돌릴 수 있었는지를! 어떤 일이든 한 면만 보아서는 안 되는 건데! 지금, 거기 매일매일 살아가고 있는 사람들, 왜 그들이 안 보였던 걸끼? 아스완 댐으로 홍수 조절이 가능해지기 전까지 이집트인들이 나일 강 때문에 겪어야 했을 어려움은 생각하지 못한 게 어쩔 수 없는 나의 좁은 시야였다.

난 그냥 양자 모두에게 유익이었던 걸로 해두기로 했다. 관광객의 낙서질과 햇빛, 모래바람에 시달리느니 차라리 물 속에 가라앉아 있는 게 호수 밑에 감춰져 있을지 모르는 유적들에게도 더 낫다고. 게다가 아스완 호수 풍광은 묘하게 아름다웠다. 끝없는 모래 언덕 아래, 그 뜨거운 해 아래, 사막의 강렬한 누른색과 대조되어 몇 배 더 선명한 푸른 물빛. 그 물이라면 어떤 신화라도 고이 품음직했다.

여자 이야기

　기자의 피라미드. 왕들의 휴식이 방해받지 않도록, 스핑크스가 사후세계로 가는 입구를 든든히 지키고 있는 뒤편의 언덕을 오르면, 거대한 피라미드 세 개가 시야를 가득 채운다. 그리고 그 뒤에 마치 무슨 마침표 내지는 그야말로 코끼리 발뒤꿈치의 개미들처럼 보이는 작은 피라미드 여섯 개. 큰 피라미드들은 왕들의 것이고, 작은 피라미드들은 그들의 아내와 어머니의 것이란다. 피라미드의 크기로 봐서는 참으로 스케일이 큰 왕이었어야 할 것 같은데, 아내와 어머니의 피라미드를 보니, 그 파라오들, 밴댕이 속이었음에 틀림없다! 치사하게시리… 여권이라는 게 아예 없다시피 했던 조선에서도 왕비의 능만은 그럴듯하게 꾸며주었는데! 그렇게 대놓고 차별을 하다니, 민망하지도 않았는지? 하기야 당시 여인들의 위상으로 따지자면 남편이나 아들의 피라미드 한 구석 작은 구역이 아니라 묘지를 따로 지어준 것만도 감사해야 하는 형편이었으려나…

　이집트 여인들은 참 아름답다. 반짝반짝 윤기 나는 매끄러운 갈색 피부, 어찌나 큰지 그렇지 않아도 작은 얼굴의 사분의 일은 차지할 것 같은 우수에 찬 검은 눈, 파리 패션 무대, 오뜨뀌뜨르에서 활약하는 일급 슈퍼모델들을 연상시키는 딱 적당한 광대뼈, 정말 낙타 속눈썹만큼이나 숱이 많고 한없이 치켜 올라간 긴 속눈썹. 내가 상상했었던 이집트 공주 이미지 그대로, 엘리자베스 테일러의 클레오파트라와는 비교조차 불가능한 자연스러운 품격이 있었다. 외간 남자들 눈에 뜨이지 못하게 하느라고 히잡으로 가려놓나 싶을 정도로 별다른 치장도 안한 이집트 처녀들은 아름다웠다. 아줌마들은 대개 체중 문제가 있는 것 같기는 했지만.

내가 만난 이집트인 가이드는 이집트에서는 드문 노처녀, 그야말로 강한 이집트 여인의 전형 같은 여자였다. 이집트에 닿기 전, 여행 책임자는 이슬람 여인들은 종교적 이유로 돈을 직접 받지 못한다고, 아주 실례라고, 팁은 봉두를 돌려 간집직으로 줘야 한다고, 그렇지 않으면 모욕당했다고 여겨 문제가 커질 수도 있다고, 조심, 또 조심하라고 신신당부를 했었다. 그런데 이전에 수십 번 이집트에 왔었다는 그의 말이 참으로 민망하게도, 그녀는 어찌나 야무지게 선물을 팔고, 호객행위를 하고, 팁을 잘 챙기는지! 이집트 역사와 유물에 관해 나 같은 아마추어도 아는 기본적이고 비전문적인 사실들에 대해서조차 틀린 설명을 아무렇지 않게 하고… 그러면서도 자기 외에는 아무도 믿지 말라고, 다 사기꾼이라고, 1분에 평균 다섯 번, 'My friends'를 외쳐댔다.

처녀건, 아줌마건, 그들은 아름다울 뿐 아니라 강하다. 고대에 그랬듯, 오늘날에도 이집트는 기본적으로 남자들의 나라임에 틀림없으나, 그럼에도 불구하고 이집트 여인들은 절대 약하지 않았다. 수에즈 운하 입구, 이집트 제2의 항구 사에드 항 주변의 자유무역공단

중년의 이집트 여인들.

으로 출근하는 사람들의 물결, 거의 대부분 머리에 숄을 쓴 젊은 여
자들이었다. 그 처녀들은 여공이라고 불렸던 우리나라 60-70년대
여성 노동자들을 연상시켰다. 우리나라 처녀들이 그랬듯, 그들은
돈 벌어 남자 형제들을 공부시키고, 가족을 먹여 살린다고 했다. 그
럼 남자들은 뭘 하지? 관광지에서 호객행위를 하거나 노점을 벌인
사람들 대부분도 여자들이었다. 남자들은 혹 나와 있더라도 저 뒤
편 나무그늘에 모여 노닥거리고 있었다. 가족경제를 책임지면서 집
안일도 다해야 하는 이집트 여인들의 삶은 적지아니 고달파보였다.
  이집트에는 여권운동이 꼭 필요하다고 느꼈다. 사실 나는 절대 페
미니스트가 못된다. 솔직히 말하면 페미니즘은 이제 유명무실해졌
다고 생각하는 편이다. 한때는 꼭 필요했고, 반드시 감당해야 할 역

할도 있었지만, 아직도 그걸 붙잡고 있다는 것, 특히 투쟁적인 페미니즘은 시대착오적이 아닌가 의심한다. 젊은 부부들이 여아를 더 선호해서 성비의 균형이 자연스럽게 되었다는 말이 들리는 마당에 웬 여권운동 타령? 나는 오래전부터 모든 인간이 서로 다르듯이 남성과 여성, 어느쪽이 더 우월하다고 할 수 없는, 그냥 '다르다'는 주의이고, 방법론에 있어서는 욕먹지 않을 만큼만 '박쥐', 되도록이면 때에 따라 유리한 쪽에 서서 살고 싶은 사람이다. 그러나 지구상에는 아직 단지 여자라는 이유로 차별과 고통을 당하는 곳이 있고, 그런 지역에서는 여권운동이 반드시 있어야 한다. 단지 60-70년대의 고전적 여권운동 패러다임과는 다른, 남녀의 차이를 인정하는 새로운 접근이 필요하리라고 생각한다. 이집트에서 여성들이 제대로 존중 받으려면 아직 멀었다고 느꼈다. 그러니 여권운동이 반드시 필요하다. 밤 아홉시, 한낮의 더위가 가신 시간, 길 옆 식당에 자리가 모자라 다 앉지도 못할 만큼 가득 모인 남자들, 단 한 명 여자도 없이 남자들만, TV 축구 중계를 보면서 즐거워하고 있었다. 그들의 아내나 어머니, 여동생은 종일 고된 일터에서 고생하고 돌아와서도 쉬지 못하고 아이들을 돌보며, 집안일을 하고 있겠지? 이집트가 아무리 역사 이래 남자들의 나라라고는 해도, 소리 없이 그 이집트를 떠받치고 있는 건 여자들인 게 틀림없다. 이 동네에는 아직 페미니즘 운동이 있어야겠구나, 변화가 필요해!

핫셉수트 여왕

고왕조시대의 피라미드가 도굴에 대책 없이 취약하다는 것을 알게 된 중왕조시대 이후의 파라오들은 오지로 가서 절벽을 파고 자신들의 무덤을 만들었다. 이집트 옛 수도 테베 근처 왕가의 골짜기에는 수많은 파라오와 여왕들의 무덤과 신전들이 있고, 그곳에서 좀 떨어진 데엘바흐리에 핫셉수트 장제전이 있다.

핫셉수트 여왕의 묘이면서 신전인 장제전은 이후에 지어진 무덤과 신전들의 모델이 된 건축물이며 중왕조 이집트 건축 중 가장 아름답고 우아하다. 3층으로 각 층마다 테라스가 달려 있고 지금은 사라진 앞뜰 진입로부터 도열한 스핑크스들을 지나 점차로 가장 신성한 3층 테라스 안쪽 절벽을 판 부분으로 서서히 다가가도록 설계되어 있다. 수평 테라스와 수직 기둥들을 엇갈리게 짠 구조를 층마다 약간씩 변화를 주어서 전체적으로 더욱 안정되고 우아해 보이는 절묘한 디자인이다. 남아 있는 건물만으로도 비례와 형태가 아름답고, 그 자체가 조각상인 3층 테라스의 기둥들이 기술적으로 완성도가 높다. 게다가 뒤편 절벽까지 건축의 요소로 끌어들여 조형적으로 완벽하게 이용한 큰 그림을 만들어냈다는 점이 무엇보다 인상적이었다. 절벽의 세로선이 기둥에 반영되는 것은 물론, 절벽의 사선 각도와 선을 이어보면 지금은 없어진 신전 부분과 닿고, 튀어나온 절벽 부분과 건물 중심선의 조화가 절묘하게 들어맞는다. 자연의 느낌과 인공의 느낌을 완전한 하나로 묶어낸 경탄스러우리만큼 놀라운 솜씨. 건축가가 여왕의 애인이었다는데 애정을 듬뿍 담아 세심하게 여왕의 사후를 준비해 놓았나보다.

아름다운 장제전뿐 아니라, 핫셉수트 여왕에 대해서는 이야기 거리가 참 많다. 영화나 TV 드라마에 왕실의 암투 어쩌고 하며 단골로 등장했을 만한, 고대 이집트 여성 가운데 가장 매력적인 인물 중 하나다. 그녀는 투트모스 1세의 맏딸로 제1왕녀였는데, 투트모스 1세가 정비인 자신의 어머니로부터 아들을 얻지 못한 채 죽자, 아버지의 후궁의 아들, 즉 배다른 왕자 투트모스 2세와 결혼해 공동통치를 했다. 고대 이집트 왕실의 법으로는 정비 소생의 왕자가 없을 경우, 제1왕녀가 왕위 계승에 가장 결정적인 역할을 하는 존재였다. 파라오는 태양신의 '자식'이 아니라 '아들'이기 때문에 스스로 파라오는 될 수 없지만 그녀와 결혼한 왕자만이 왕위 계승의 정당성을 얻게 되는 것. 그 때문에 왕실 내에서 이복오누이 간의 결혼이 종종 있었다. 그리고 제1왕녀는 남편과 공동으로 국가를 통치할 수 있는 권한을 갖고 있었다. 법적인 권한은 있었다 해도 대개의 경우 왕비보다는 파라오가 권력을 장악했지만 다른 제1왕녀들과는 달리 핫셉수트는 안방에만 들어앉아 있지 않았다. 그러나 적극적으로 정치에 참여하던 그녀는 남편 투트모스 2세와의 사이에 아들을 낳지 못했고, 투트모스 2세가 죽은 후, 어쩔 수 없이 자신의 딸인 제1

왕녀를 남편의 후궁의 아들인 투트모스 3세와 결혼시켜 그를 파라오의 자리에 오르게 했다. 하지만 권력을 어린 파라오에게 넘겨주는 대신 섭정 역할을 하다가 종내에는 남장을 하고 스스로 태양신의 아들, 파라오 자리에 올랐다. 시대 상황에 비춰보면 엄청난 개념 전환에 도전한 여걸이었다. 이야기가 이 정도만 나와도, 죽은 왕의 정비(조선으로 치면 대비)와 그녀에게 자신의 권력을 빼앗긴 후궁 소생 왕 사이의 관계가 어떠했을지는 대충 짐작이 가는데, 여기 영뚱한 인물이 느닷없이 등장해서 그들 사이의 갈등을 더욱 부추긴다. 바로 유대인 노예의 아들이며, 훗날 유대인의 이집트 탈출을 이끈 지도자가 된 모세! 모세를 강에서 건져 양아들을 삼아 궁에서 길러준 출애굽기의 공주가 바로 핫셉수트였다.

구약이 창작도, 신화도 아니고, 실제로 있었던 유대 역사이며, 게다가 창세기부터 출애굽기, 레위기, 민수기, 신명기를 직접 쓴 저자가 바로 모세라는데, 그렇다면 자신의 생명의 은인이며 양어머니인 그 공주가 누구였는지에 대해 왜 구체적인 언급이 없을까, 뭔가 이야기 거리가 좀더 있지는 않을까, 내가 원래 뒷 담화에 관심이 더 많은 사람이라 그게 또 궁금했었다. 하지만 성경 안에 아무런 암시도 없기에, 딱히 이름을 기록할 만한 공주가 아니라 그저 수많은 왕실의 공주 중 하나여서 그랬으려니 하고 넘어갔었다. 이집트 오랜 역사에 공주라고 불릴 수 있는 신분의 여성이 얼마나 많았겠는가. 그래도 오랫동안 도통 납득이 되지를 않았다. 파라오가 얼마나 엄청난 존재였는데! 그는 그냥 왕이 아니라 신이었다. 그런데 감히 누가 유대인 사내아이를 모두 죽이라는 지엄한 명령을 정면으로 거

역하고 살렸을 뿐 아니라, 양자로까지 들여 왕자를 삼을 수 있었다
는 말인가. 그게 도대체 가능한 일이 아닌데, 모세가 자신의 이력을
멋지게 보이려고 각색한 것이 아닐까, 그런 의문이 생기자, 모세의
기록 전체의 진실성이 의심스러워지기까지 했었다.

그런데 하나님은 기왕 다른 유대 사내아이들처럼 죽을 운명이었
던 모세를 살려서 궁으로 들여보내 최고 수준의 양육을 받게 하기
로 하신 이상, 그저 그런 공주의 양자로, 시시하고 대우 못 받는, 별
볼일없는 존재로 만들 생각은 애당초 없으셨다. 당대 모든 이집트
여성 중 가장 높은 신분, 제1왕녀인 공주, 게다가 훗날 여왕으로, 파
라오로, 최고의 권력을 갖게 되는 핫셉수트가 양어머니! 그제야 이
해가 깄다. 핫셉수드가 그 정도로 힘이 있는 공주였기에 그녀의 말
한마디로 파라오가 죽이라고 명령한 아이를 살릴 수 있었고, 유대
인 유모(사실은 모세의 생모)에게 맡겨도 아무도 토를 달지 못했던
것이다. 비록 유대인 출신 양자의 신분이었을지라도, 그녀의 사랑
과 보호를 받는 모세는 자연히 누구도 무시 못할 존재였다. 그 덕
에 모세는 안전하고 귀하게, 하나님의 계획대로 자랄 수 있었다. 궁
에서 40년을 대우받으며 살았으니, 파라오의 이름만 들어도 오금
이 저렸을 시대에, 유대인의 지도자 자격으로 투트모스 3세의 아들
인 아멘호텝 3세 앞에 섰을 때 기죽지 않고 당당히 큰소리칠 수 있
었겠지(물론 모세에게는 하나님이라는 가장 큰 빽이 있기도 했겠지
만)… 모세를 둘러싼 퍼즐이 핫셉수트를 알고 나니 다 맞춰졌다. 하
나님 하시는 일의 스케일이 보통 그 정도… 그러나 그건 그렇다 치
더라도, 자신의 생명을 구해 주고 호강시켜 준 공주에 대해 작은 감

사의 표시 하나 남기지 않은 모세의 태도에 대해서는 여전히 심히 유감이다.

그렇지만 하나님의 간섭은 모세와 유대인의 입장에서만 다행이었다. 그러지 않아도 미운털이 박혔을 후궁의 아들보다는 비록 제 핏줄은 아니었을지라도 총명하고 잘생긴 모세가 여왕에게는 훨씬 더 사랑스러운 존재였을 것이고, 반대로 궁에서 왕자의 신분으로 함께 자라면서 사사건건 모세와 비교 당했을 투트모스 3세의 입장에서는, 굴러들어온 돌, 도저히 자기와는 상대도 될 수 없는 천한 신분인 모세에 대해 억울함, 질투와 미움을 느꼈으리라고 짐작할 수 있다. 훗날 모세가 유대인에게 채찍질을 하는 이집트 관리를 살해했을 때 그를 죽이려 한 왕이 투트모스 3세였고, 그를 피해 모세는 40년간 망명생활을 할 수밖에 없었다. 핫셉수트 여왕은 이미 세상을 떠난 후였다(투트모스 3세에 의해 독살되었다는 설이 있다).

초상이나 흉상에 남겨진 여왕의 모습은 아름답고, 우아하고, 당당하다. 또 그녀는 현명한 군주였다. 핫셉수트 여왕 재위 기간 중, 이집트에는 전쟁이 없었다. 당시의 불안정한 국제정세에 비추어볼 때, 침략도 안하고 침략 당하지도 않았다는 건 대단히 이례적인 일이다. 국가의 부를 키우는 가장 손쉬운 방법이 전쟁이었던 시대에, 그녀는 국민을 전쟁터로 내모는 대신 외교와 무역으로 국력을 융성하게 했다. 여왕이 죽은 후, 권좌를 회복하고 정복왕으로 군림한 투트모스 3세와는 정반대였다. 투트모스 3세가 적극적으로 전쟁에 나선 데서도 제법 흥미로운 심리학적 분석이 가능하다. 분노, 열등감, 미움, 상처⋯ 그런 것들 때문에 전쟁과 정복을 자신의 정체성으

로 내세워 스스로를 핫셉수트 여왕과 구별지어야 했을 그의 일생
도 참 고단했을 것 같다. 세상의 영화란 영화는 다 누렸다는 이집트
의 왕조차도 이랬으니, 사람 사는 일은 어째 늘 이런 걸까?

여왕 역시 과히 행복했을 것 같지는 않다. 그녀도 시대의 희생자
다. 걸출한 능력을 가졌음에도 불구하고 단지 남자가 아니라는 이
유만으로 당해야 하는 법과 제도와 관습의 제약에 굴복할 수가 없
었고, 그걸 뛰어넘기 위해 평생 기를 쓰고 살았을 것이다. 금으로
된 가시방석에 앉은 격이 아니었을까? 그 인생도 참 안쓰럽다.

50여 년 살고 나름대로 깨달은 최고의 진리는, '상처 없는 인생이
어디 있으랴!' 겉으로는 멀쩡해 보여도 상처 없고 문제가 없는 사
람은 없었다. 다른 사람들은 다 행복하게 잘만 사는데, 나만 왜 이
러나, 무슨 죄를 졌기에 이 꼴이냐는 팔자타령은 다 쓸데없는 거였
다. 꼭꼭 감추고 있어서 그렇지, 그들도 이미 억장 제대로 무너진
채로 살고 있더라고! 뿌리를 잘 캐어 보면 정작 본인에게는 상처에
대한 책임이 없는 경우가 대부분이라는 것도 알게 되었다. 치료되
지 않은 모든 상처는 결코 영원히 감춰진 채로 있을 수 없기 때문에
어느때인가, 반드시 더 크게 곪아터진다. 그러나 자신을 탓하면서
스스로 정죄하고, 패배의식에 사로잡혀 주저앉거나, 다 상처 때문
이라고 핑계를 대면서 그 뒤에 숨어버리면 그때부터는 진짜 자기
잘못이 될 뿐 아니라 극복은커녕 그 상처에 지게 된다. 상처는 보기
흉한 흉터를 남기지만 결코 부끄러운 것은 아니다. 흉터가 좀 있으
면 어떤가, 오히려 곪은 상처를 도려내고 치료하는 아픔을 이겨낸

용기의 자랑스러운 증거다.

후궁의 아들로 태어난 것도, 핫셉수트에게 아들이 없던 것도, 투트모스 3세의 잘못은 아니다. 군이 잘잘못을 따지자면 모세를 예뻐하면서 투트모스 3세를 거부한 여왕의 잘못이 더 크다. 자신의 상처를 극복 못해서 자기만 고통을 당한다면 그나마 불행을 퍼뜨리지는 않았겠지만, 상처 있는 사람들이 으레 그렇듯이 다른 사람들까지 찔러버린 여왕에게 잘못이 있었다. 상처 받은 사람들이 그 상처를 극복하지 못하는 가장 큰 이유는 죄의식이다. 여왕은 남자가 아니고 여자로 태어난 자신을 부끄러워하고, 어머니에게 미안해하며 자랐을 것이다. 자기 잘못이 아니었음에도 불구하고! 어린 투트모스 3세는 왜 여왕이 나를 미워할까, 뭔가 내가 잘못해서, 내가 더 잘했으면 여왕이 나를 그렇게 미워하지 않을 텐데, 내 잘못이야, 더 잘했었어야 하는데, 자신을 탓하며 여왕의 맘에 들기 위해 노력하고 또 노력했을 것이다. 아마도 여왕은 '네가 그 모양이니 내가 널 그렇게밖에 생각할 수 없는 거야'라고 투트모스 3세의 죄책감에 일조했겠지… 죄의식은 어린 자아에 결코 지워지지 않는 상처를 남겨서 자존감을 잃게 만든다. 최선을 다했지만 결코 자신을 받아들이지 않는 여왕에 대한 분노가 더 큰 상처로 자리 잡았을 것이고, 미움과 원망 때문에 진짜 엇나가기 시작했을 것이다. 그러나 처음으로 되돌아가면, 결코 그의 잘못이 아니었다. 잠재의식에 묻어놓은 죄의식을 파내고, 그것이 이유 없는 죄의식이었다는 것을 인식해야 상처가 치유되기 시작한다. 상처는 숨기면 더 심하게 덧난다.

그가 자신의 상처를 숨기거나, 거기 매달려 있지 않고, 내가 잘못한 일이 아니니까 부끄럽지 않다고, 내 잘못으로 생긴 상처도 아니니까 뛰어넘었다고 말할 수 있었다면 그의 삶이 훨씬 평안했을 텐데… 하지만 투트모스 3세는 상처와 아픔과 열등감이라는 잘못된 동기에서 출발했다. 그는 누구보다 다른 사람들, 특히 핫셉수트를 알고 있는 사람들의 평가에 매달렸을 것이다. 그리고 그들에게서 더 뛰어난 파라오라고 인정받는 데 집착하느라고 그 역시 자기 주변에 더 많은 상처를 키웠을 것이다. '가문에 내려오는 저주' 란 바로 이런 걸 두고 하는 말이다.

흔히 많이 아팠던 사람이나 크게 고생해 본 사람이 비슷한 일을 당하는 다른 사람들에게 너 너그럽다고 생각하기 쉽다. '내가 이파봐서 잘 안다' 고 자신들도 믿는다. 그러나 정반대인 사람들을 더 많이 만나봤다. 그런 사람에게 위로 받고 문제를 해결하려고 의지하는 건 말짱 헛일이다. 게다가 내 쪽에서도 익히 알고 있는 '공자 왈, 맹자 왈' 충고를 하는 사람은 정말 짜증난다. 자기 고생이나 고통에 비하면 네 건 아무것도 아니라고, 별것도 아니면서 엄살떨지 말고 빨리 일어나라고, 한심하게시리, 그까짓것도 못 이기냐고, 그렇지 않아도 힘든 사람에게 2중, 3중의 고통을 더하기 일쑤다. 시집살이 심하게 한 시어머니가 더 독한 시집살이를 시키는 심리도 비슷하다. '옛날에 나는 얼마나 고생했는데, 너는 거저먹는 거나 마찬가지다' 뭐 그런… 진정으로 아파본 사람, 깊은 상처를 가졌지만 그걸 치열하게 싸워 이겨낸 사람은 절대 섣부른 위로를 뱉지 않는다.

해결하려면 어떻게 해야 하는지, 정답은 나와 있다. 자기 자신이 얼마나 소중한 존재인지, 인정하고 깨닫는 것. 하지만 시도해 봤기 때문에 그게 얼마나 힘든 이야기인지도 안다. 심리치료사나 정신과 의사가 도움이 되기는 한다. 그들이 위로가 되는 이유는 전적으로 '내 편'이 되어주기 때문이라고 생각하지만 그들 역시 한계가 있다. 물론 신앙도 많은 역할을 할 수 있을 것이다. 단, 신앙이 건강할 때. 종교가 도움이 되려면 신과 '나'의 관계가 반듯해야 하는데 건강하지 못한 '나'는 그나마도 불가능하다. 영원한 최고의 '내 편'은 다른 데 있지 않았다. 바로 나! 원인만 제대로 찾는다면 나보다 더 나를 적절하게 위로하고 격려할 수 있는 존재는 없었다. 건강한 자존감의 회복은 말이 쉽지 아무도 도와줄 수 없다. 결국 나만 할 수 있는 일, 지나가는 감기처럼 약 먹고 주사 한 방 맞아서 낫는다면 얼마나 좋으련만, 정말 지긋지긋하게 잘 안 낫는다. 게다가 사방에서 시시때때로 기껏 다스려 놓은 상처를 들쑤시고 펌프질을 해대니, 그럴 때마다 도돌이표… 그러나 포기하지 않으면 나아진다. 나아졌다. 그러니 반드시 더 나아지겠지…

30년 후에도 화가 잔뜩 난 고슴도치처럼 사방을 찌르고 다니지 않도록!

사자의 서, 서기의 상

오늘날 우리가 고대 이집트의 실제 사회와 문화에 대해 많은 부분을 알 수 있게 된 건 이집트가 인류 최초의 종이라고 자랑해 마지않는 파피루스 종이 덕이다. 정확한 정보를 가능한 한 많이 후세에 남길 수 있어야만 역사는 진보한다. 파피루스는 비록 아주 원시적인 형태의 종이지만 돌이나 진흙, 가죽과는 비교할 수 없을 만큼 간편하고, 쓰거나 그리기 쉽고, 부피가 작아 보관과 이동이 용이하고, 보존력이 높으니, 대단한 문화적 혁명이었다.

파피루스는 나일 강가에서 자란다. 사탕수수 비슷한 모양에 갈대보다 키가 큰데, 단면이 정삼각형이고 줄기가 제법 굵다. 정삼각형은 이집트인들이 생각하는 신성한 완전 형태. 파피루스 줄기를 베어 껍질을 벗기고 물에 며칠 담가서 당분을 뺀다. 당분이 제거된 줄기를 밀대로 납작하게 민 다음 가죽 사이에 직각으로 겹쳐놓고 무거운 것으로 누른다. 완전히 마른 파피루스 종이는 물에 넣어도 가닥가닥 풀어지지 않고 형태를 유지한다. 그러나 솔직히 종이라고 불러주기에는 너무나 원시적이다. 그러나 그렇다고 해서 역사적 가치가 줄어드는 것은 결코 아니다.

파피루스에 쓴 기록으로 가장 많이 볼 수 있는 것이 '사자의 서'.

고대 이집트인들은 장례를 지낼 때, 죽은 자가 사후세계에서 단계별로 겪는 여러 가지 상황을 무사히 해결하고 지나갈 수 있도록 경우에 맞는 주문이나 신에 대한 서약들을 기록한 파피루스 두루마리, '사자의 서'를 함께 묻었

껍질 벗겨 물에 담가둔 파피루스.

다. 어느 단계에는 어떤 신이 이러저러한 질문이나 요구를 할 테니, 그때는 어찌어찌 하라는 요령을 알려주는 일종의 지침서이기도 하고, 망자의 일대기이기도 하다. 귀족이나 왕족은 형편에 따라 가문이나 개인에 소속된 서기들을 달고

엇갈리게 놓아 말린 파피루스.

다녔다. 따라서 사자의 서에는 삶과 죽음, 내세에 대해 고대 이집트인들이 어떤 생각을 가지고 있었는지에 대해서뿐만 아니라, 그들의 생활, 사회, 신화, 풍속, 역사 등등이 아주 시시콜콜한 집안일까지 낱낱이 기록되어 있다. 특히 어둠과 죽음의 신 오시리스 앞에서 마지막 심판을 받을 때, 자기 심장 무게보다 생전에 베푼 선행이 더 무거워야만 영혼이 부활해서 제 육신으로 돌아올 수 있다고 믿었으므로 사자의 서를 아주 세세하게 기록했다. 혹시라도 신 앞에서 죄가 더 무거우면 영원한 지옥으로 떨어지고 부활은 없을 테니까.

시대별로 사자의 서 기록에 사용된 성각, 신관, 민중문자 등은 구성과 디자인 측면으로만 봐도 아주 아름답고, 천연광물, 보석, 금, 은 등을 가루로 만들어 채색을 했으므로 수천 년의 세월을 이기고

생명의 나무는 자주 쓰이는 주제 중의 하나. 원래의 채색은 광물이었다.

아직도 그 선명함을 전혀 잃지 않았다. 남아 있는 양도 방대하고 내용도 풍부하다.

  그러나 당시 대부분의 평민들은 문맹이었고, 서기를 고용할 만한 형편도 아니었던 데다가, 기록에 사용하는 금가루 등의 채색용 천연 광물가루의 가격도 대단히 비쌌으므로 사자의 서는 어디까지나 특권층의 전유물이었다. 그렇다고 평민들이 억울해하고 아쉬워할 필요는 별로 없었을 듯하다. 왕족이나 귀족이 애써서 준비한 사자의 서는 물론, 거대한 무덤이나 장제전, 미라, 화려한 부장품 등, 모든 수고가 헛되게, 그 숱한 영혼들 아무도 돌아오지 못했으니까. 오시리스 신 앞에서 달아보니 모두 죄가 더 무거웠나?

사자의 서가 그만큼 중요하게 여겨졌으므로 서기의 지위도 그에 따라 높았다. 이집트 박물관이나 이집트 유물을 소장하고 있는 박물관에서 거의 예외 없이 볼 수 있는 것이 서기의 상이다. 그래도 역시 이집트 박물관의 서기의 상 수가 압도적으로 많았다. 전에 루브르나 메트로폴리탄에서 '아, 서기의 상! 진짜 봤네' 정도의 느낌으로 지나쳤던 것과는 달리, 다양한 크기와 재료의 서기의 상들을 시간 여유를 갖고 찬찬히 들여다보니, 그들이 실존적으로 느껴졌다. 동그란 눈동자가 내게 말을 걸었다. 진짜 살아 있던 '그' 사람, 그들의 삶을 생각했다. '저 사람은 몇 살이었을까, 그는 어떻게 살고 싶었을까, 행복했을까?

고대 이집트에서 서기는 평민 출신이어도 능력에 따라 출세할 수 있는 몇 안 되는 직업 중 하나였다. 학자 계급은 아니지만 국가의 기록을 맡는 공무원이 되거나 귀족이나 왕족에게 고용되어 '사자의 서'를 기록하는 것이 가장 중요한 임무였다. 일종의 전문직 개념이다. 그들은 어릴 때부터 부모를 떠나 도제식 훈련을 받았다. 이집트 상형문자들은 대단히 복잡한데다 특별한 기술도 필요했으므로 오랜 훈련을 받은 서기만이 할 수 있는 작업이었다. 그리고 사실상 그들의 손에 최후의 오시리스 심판 결과가 달려 있는 셈이었으니, 고대 이집트인들에게 서기는 오늘날 생각하는 것 이상으로 중요한 존재였다. 무릎 위에 판을 올려놓고 기록을 하고 있는 '서기의 상' 조각들이 부장품으로 많이 출토되는 것만 봐도, 그들에게 서기가 반드시 필요한 존재였음을 알 수 있다. 죽어서도, 그리고 부활한 이후에도 자기를 위해 기록해 달라고 서기를 함께 데려갔다.

양반다리를 하고 반듯하게 허리를 펴고 앉은 서기의 상은 크나 작으나 하나같이, 눈이 동그랗고, 야무지고, 단정하고, 총명해 보인다. 단지 그 시대 인체 표현 양식이 그래서 그렇게 느껴지는 걸까? 고대 이집트 미술의 특징은 어디까지나 절대적인 사실주의다. 정형화되기는 했지만 중요한 건 크게, 아름답게, 자세하게, 별볼일 없는 대상이나 사건은 조그맣게 대충 묘사한다. 진짜 직선적이고 솔직한 사실주의. 그러니 정형화되었다 할지라도 사실주의자인 이집트 예술가들이 실제 모델을 앞에 놓고 만들어낸 서기의 이미지가 아니었을까? 나는 그 서기들의 모습에서 가난한 평민 부모에게 태어난 출중한 아이들을 보았다. 그들은 귀족의 지위에까지 오를 수는 없었지만 꽉 막힌 계급사회를 뚫고 나간 위대한 인물들이었다. 중세 유럽에서 전문직 부르주아로 입신양명할 수 있었던 똑똑한 평민아이들처럼, 이집트에도 그런 아이들이 있었을 거라고, 세상 어디에나, 어떤 시대에나, 자신의 재능과 노력만으로도 성공하는 아이들이 꼭 있다고, 개천에서 실제로 용이 난다고, 그 서기상들을 보며 생각했다. 인류역사를 통틀어 오늘날처럼 많은 기회가 누구에게나 열려 있는 시대는 없었다. 애들아, 잘 자라다오! 청년들아, 힘내라! 아자! 아자!

가난한 사람들, 죄스러움

  왕정 시대에 지어진 별궁을 개조한 호텔에서의 정말 훌륭한 만찬,
격에 맞지 않는 호강을 했다. 빈부격차가 심한 이집트에서 부자들
이 어떤 호사를 누리며 사는지, 조금이나마 엿볼 수 있는 기회였다.
덥고, 건조하고, 먼지 많이 날리는 누추한 바깥세상과는 완전히 격
리된 쾌적한 공간, 공기마저 우아했다. 피곤한 여정을 마치고 쉬기
에는 더할 나위 없이 적합한 곳이었다. 잘 가꾸어진 푸른 정원, 나
무들, 잔디밭, 연못을 지나 거대한 황금 문을 들어서면, 까마득히
높은 천정, 아라베스크 문양으로 장식한 대리석 바닥, 엄청난 크기
의 화려한 크리스털 샹들리에, 심지어 페르시아 카펫으로 벽지를
대신했다. 어디 한 곳, 세심한 장인의 손길이 닿지 않은 부분이 없
었다.
  세계적으로 알아주는 최고급 이집트면, 톡톡한 식탁보, 풀을 빳빳
하게 먹인 냅킨, 은 포크, 나이프, 금테를 두른 우아한 접시, 크리스
털 잔들, 화려한 꽃 장식… 잡지에서 튀어나온 듯, 정말 완벽한 세
팅이었다. 게다가 음식도 거기 걸맞게 훌륭했다. 솜씨 있는 요리사
가 신선한 재료를 아끼지 않고 써서 만들어낸 최고의 만찬이었다.
갓 구운 빵, 아삭아삭한 채소, 알맞게 익힌 고기와 해산물, 특히 이

왕정 시대의 별궁을 개조해 지은 호텔의 내부.

집트 음식치고는 향이 넘치지 않는 적절한 소스들, 바삭하고, 쫄깃하고, 원재료의 풍미가 살아 있는 후식. 커피도 최고! 종일 시달렸던 몸과 마음이 다 풀어지는, 음식이 서구적으로 세련돼서 이집트적이 아닌 퓨전이라는 점만 빼고는 만족스럽다는 표현만으로는 부족한, 평생 기억될 만한 시간이었다.

기분 좋게 식사를 끝내고 화장실에 들렀다. 최고급 독일제 변기와 수도꼭지를 갖춘, 티끌하나 없는 우아한 대리석 화장실. 손으로 일일이 깎은 천정만 빼고는 다른 나라 특급 호텔들에서도 그 정도는 볼 수 있지만, 그곳에는 화장실 전속 메이드까지 있었다. 곱게 풀을 먹인 제복을 입은 젊은 메이드가 손을 씻자마자 뽀얀 손수건을 대령하고, 닦고 나니 다시 공손히 받았다. 내가 되레 너무 송구해서 몸 둘 바를 모를 지경이었다. 그리고 곧장 나왔으면 좋았을 것을! 건조한 날씨에 주름 생긴다고 공연히 입술에 뭘 바르느라고 미적대다가 난 보고야 말았다! 내가 방금 쓴 수건을 도로 잘 접어 바구니에 담더니 다음 사람이 들어오자 그걸 공손히 내미는 게 아닌가! 어머머! 갑자기 속이 스멀스멀거렸다. 방금 전까지 그토록 만족스러웠던 모든 것들에 의심이 갔다. 이를 어쩌나, 벌써 다 먹었는데! 이집트 부자들, 자기들이 뭘 먹고 어떤 수건을 쓰는지도 모르고 사는 바보들인 거 아냐! 그런데 그 순간, 메이드와 눈이 마주쳤다. 초점이 없는, 지친, 사나운, 실제로 본 적은 없지만 '상처 입은 들짐승 같은'이라는 표현이 딱 맞는 눈빛. 잠시 멍했다. 그 눈빛, 이집트에 도착해서 내내, 초라한 물건들을 들고 호객행위를 하는 노점상이나 구걸하는 거지들에게서 계속 봐야 했던, 불편한 맘에 내 쪽에서 먼저 외면해야 했던 눈빛이었다. 그리고 보니 식사중 시중을 들던 웨이터도 같은 표정이었다는 걸 그제야 비로소 깨달았다.

내 기분에 빠져서 그네들 유니폼에만 눈이 갔지 정작 그들 얼굴은 한번도 보지 않았던 것이었다. 내가 뭔가 이들에게 엄청난 잘못을 하고 있는 것만 같았다. 죄송스러웠다. 비겁하고 얍삽하고 힘 없는 내가 싫어서 마음이 내내 무거웠다. 그러나 이것도 세상을 봐야 하는, 겪어봐야 하는 또 다른 이유겠지? 시야와 사고의 틀을 조금씩이라도 넓혀가기 위해서.

지나친, 실례되는, 혹은 내가 잘 몰라서 하는 말이겠지만 이집트에서 가장 먼저 피부에 닿은 느낌은 경치나 유적의 아름다움도 아니고, 문화도 아니고, 전통도 아니고, 역사도 아니고, 낭만 같은 건 더더욱 아니고, 바로 너무나 심각한 빈부격차였다. 우리나라도 누구나 다 똑같이 잘 사는 나라는 아니다. 그리고 세계 어디에나, 사회주의 국가에조차 빈부격차, 특권층이 존재한다는 것도 잘 안다. 하지만 어느쪽으로 고개를 돌리든 쌓인 쓰레기가 바람 부는 대로 아무데로나 날려다니는 그 먼지 많은 카이로 중심가에, 티 하나 없는 검은 벤츠S600 옆을 구멍 난 셔츠를 입은 초라한 가족을 가득 태운 당나귀 달구지가 힘겹게 나란히 가고 있는 장면은 정말 민망한 광경이었다. 성벽이라고 불러줘야 적합할 것 같은, 높고 두터운 담으로 울타리를 두른 고급주택들마다 총을 든 경비들이 초소를 지키고 있었는데, 개인 모스크까지 갖추고 있는 그 울타리 안에만 푸른색이라, 눈에 뜨이지 않을 도리가 없었다. 나머지는 다 갈색, 누런 먼지 색. 도저히 집이라고 부를 수도 없을 만큼 초라한 움막들이 납작하게 늘어선 마을들.

너무 가난하고, 지저분하고, 눈빛이며, 행동거지가 불량한 행상들이 관광객들이 있는 곳이면 어디든 꼬질꼬질한 기념품들을 늘어놓고 호객행위를 했다. 무조건 물건을 안기고 돈을 달라는 식. 한 번 걸려들면 절대 놔주지 않으니, 붙잡히지 않으려면 전혀 관심 없다는 듯 고고한 표정으로 얼굴을 돌려야 한다. 여행 안내서에 보면 이집트에서는 무조건 심하다 싶을 정도로 물건 값을 깎아야 한다고 나와 있다. 하지만 정작 그들 앞에 섰을 때 도저히 그럴 수가 없었다. 흥정은 고사하고, 필요 없는 허접한 물건들을 사지 않을 수 없었고, 더더군다나 절대 깎아서는 안 될 것 같았다.

여덟 살에서 열 살 정도나 되었을까, 조잡한 물건 몇 개를 들고 구걸을 하는 소년들이 다가올 때면, 내 쪽에서 눈 맞추기 민망해 황망히 먼 곳을 보는 척해야만 했다. 미안해, 어쩌나, 잔돈이 다 떨어졌어, 정말 미안해… 스핑크스며 피라미드, 룩소르의 신전, 이 위대한 걸 만든 게 너희들 조상인데! 하긴 이 건축물들 역시 원래 극소수의 사람들만을 위한 것이었다. 그때도 이 아이들의 조상은 무거운 노역으로 고생했을까? 어쨌든 유적지에서 관광객들 상대로 이렇게라도 먹고 사니, 조상 덕을 그나마 보고 있다면 다행이겠으나, 몇천 년 전에 그토록 높은 수준의 문명을 이루었다는 민족이 왜 지금 이렇게 살고 있는 건지! 서글픔을 넘어 화가 났다.

우리나라에도 그보다 훨씬 비참했던 시절이 있었다. 1990년 텍사스에서 만난 어느 할아버지는 내게 자신이 'Korean War' 때(그들에게는 6.25가 '한국전쟁'이다) 맥아더 장군과 인천에 상륙했었다고, 당시에 한국 대표선수들(?)과 야구를 해서 콜드게임으로 이겼다고, 무엇보다 불쌍한 거지 아이들을 잊을 수 없노라고, 눈물이 글썽해서 내 손에 5불을 꼭 쥐어주었다. 그 아이들에게 전해 달라고! 별로 형편이 좋아 보이시지 않았는데… 생전 뉴스도 안 보시나? 그때의 인상이 너무 강해서였는지, 대한민국의 발전 속도가 비현실적으로 빨라 믿을 만한 게 아니라고 여기셨던지, 그의 머릿속에 남아 있는 한국의 모습은 수십 년간 전혀 변하지 않았던 모양이었다. 이래서 6.25 참전 군인들을 초청하는 일이 의미 있는 거였구나, 지금 한국을 보면 그 할아버지, 놀라실 뿐 아니라 보람 있어 하시지 않을까? 그때 우리나라 아이들 모습은 지금 이집트 아이들보다 훨씬 더 비참했겠지… '재작년 서울에서 올림픽 열리는 장면을 보시지 못하셨나요, 우리 지금은 그렇게 안 살아요, 프로야구 리그도 있답니다, 꼭 다시 방문하셨으면 좋겠어요, 그래도 북쪽에는 아직 도움이 필요한 아이들이 있으니까, 꼭 전할게요, 감사합니다…' 다행히 아직 살아 계신다면 한국 야구 대표팀이 미국, 일본, 쿠바를 다 제치고 북경 올림픽에서 금메달 따는 걸 보셨으려나? 우리나라가 꼭 지금보다도 더 잘해 나가야만 하는 의무를 지고 있다는 걸 실감한 순간이었다. 그 늙은 퇴역병사들이 목숨을 바쳐 대한민국에서 싸운 일이 쓸데없는 짓이 아니라 보람과 자랑이 될 수 있어야 한다.

대한민국에서 가능했던 일을 그도록 위대한 문명을 수천 년 전 일으켰던 이집트가 못해 낼 리가 없다. 20-30년 후, 이집트에서도 더 이상 아이들이 길에 나설 필요가 없어지고, 우리 부모님들처럼 어린 시절 고생담을 옛날 이야기하듯 하며 살게 되기를!

이집트에서 먹는 일이란!

이집트에 들어가기 전, 호텔에서 한 발짝만 밖으로 나가도 부글부글 끓고 있는 것이 아니라면, 그 자리에서 마개를 따주는 게 아니라면, 절대로 어떤 것도 입에 넣어서는 안 된다는 안내인의 말을 귀에 못이 박히도록 들어야 했다. 직접 겪어보니 호텔조차도 별로 믿을 만하지 않았다. 고대 사회에서 식량은 무엇보다 강한 힘이었다. 태양신의 축복 덕에 먹을것이 떨어지지 않았다는 이집트가 어쩌다 이런 이미지를 갖게 되었는지! 물론 길거리 음식들을 먹고도 멀쩡했다는 친지들의 무용담도 충분히 많이 들었지만, 부끄럽게도 그런 문제에 관해서만은 난 별로 자유롭지가 못하다.

몇 년 전, 동남아 단기선교에 따라나섰을 때, 단지 지하수로 양치질 한번 한 것 때문에 열이 펄펄 나고, 대장에 탈이 나고, 끙끙 앓았었다. 내 주제가 어찌나 시원찮고 한심하던지, 꽤 그럴듯한 줄 알았는데! 나 때문에 팀 전체에 피해가 가니 부끄러워서 죽을 지경. 그나마 거기서 끝나지도 않았다. 마침 조류독감이 한창이던 때라 비상이 걸린 인천공항 열감지 카메라에 딱 걸렸다. 38도 2부. 게다가 설사까지, 묻는 말에 거짓말할 수도 없고… 그 카메라, 진짜로 열이 있는 사람을 벌겋게 찍어낸다! 하는 수 없이 '열이 계속 떨어지지 않으면 반드시 보건소에 신고해야 하고, 어길 시에는 처벌을 받겠습니다'라는 각서에 서명을 하고서야 가까스로 통과할 수 있었다. 공항에서도 나 때문에 또 지체되었다. 그리고 물론 나 스스로도 이게 무슨 전염병은 아닌가, 어찌나 찜찜하고 걱정스럽던지! 다행히 큰 탈 없이 지나갔지만 그때 이후, 난 확실하게 '주제 파악'을 했다. 그러니 이집트에서도 사전 경고가 없었다면 몰라도 일단 들은 이상, 거스를 엄두는 안 났다. 의료 환경도 별로 신뢰 안 가는 마당에…

인간은 자기 몸 생긴 형편을 거슬러서는 안 된다. 형편이 각각인데 무턱대고 남들 따라 하다가는 반드시 탈이 난다. 인도 사람들은 신성한 갠지즈 깅에서 장례 지내고, 목욕하고, 양치실하고, 별짓 다한다. 그래도 멀쩡하단다. 그러나 내가 아는 어떤 젊은이는 여행의 흥에 겨워 객기가 솟아난 나머지, 그 물에 뛰어들었다가 거의 죽을 뻔했었다. 그는 풍토병에 걸렸고, 침대에 실린 채로 비행기를 타야 했다. 물론 귀국하자마자 구급차 타고 병원으로 직행했다. 그 이야기를 들은 나는 겁이 나서 이제껏 감히 인도 땅에 발 디딜 엄두를 못 내고 있다. 고등학교 1학년인 조카도 멀쩡하게 잘만 다녀오더구먼! 하지만 인도에는 꼭 가보고 싶다. 그러니 카시미르 특급열차를 위해 적금이라도 하나 들어볼까나? 에고, 어느 세월에!

눈물 나게 아쉬워도, 까딱없다고 외치면서 저지르지는 말자. 그저 살아온 대로, 생긴 대로 사는 게 낫다. 카이로 시장의 사탕수수 주스가 아무리 시원하고 달콤해 보여도, 석류 주스 그 붉은 빛이 아무리 고혹적이고, 흰 거품이 순결해 보여도, 참자! 호텔 커피숍에서나 그 맛을 찾았으니, 그런 의미에서 나는 진정한 이집트의 '맛'을 경험해 보지 못했다.

 이집트의 평원을 하염없이 달리다 보면 드문드문 농가들이 서 있다. 꼭 경주의 첨성대처럼 생긴 벽돌 탑이 집집마다 하나씩 딸려 있는데, 비둘기 집이란다. 내가 익히 알고 있는 비둘기의 상징적 이미지는 이 나라와는 상관이 없었다. 이집트에서 비둘기는 양질의 비료(!) 생산자로, 손쉬운 식량 공급원으로 농민들이 기르는 가금류. 말하자면 닭이나 마찬가지였다. 우리 동네 공원에 살이 잔뜩 쩌서 뒤뚱뒤뚱 걸어다니는 비둘기들을 보면 이 사람들 참 좋아라 하겠네! 심지어 야간에 조명까지 밝히고 비둘기 탑에 공을 들이는 게 재미 있었다. 문화의 차이란 이런 걸까? 난 정말 비둘기 별로 안 좋아하는데…
 공원을 끼고 있는 동네로 처음 이사했을 때, 비둘기들에게 모이를 주는 낭만을 나도 좀 흉내 내볼까 하고 빵부스러기 한 봉지를 들고 공원으로 나갔다. 초가을, 햇볕이 따스하고 공기도 부드러워 그런 일을 하기에는 딱 알맞은 날이었다. 그러나 기분 내며 자리를 잡고 앉아 작은 빵조각 한 개를 던진 순간, 어디서 다 나타난 건지, 사방에서 전속력으로 곧장 내게로 낮게 날아오던 비둘기 떼 수백 마리! 그 눈, 눈, 눈! 난 비명을 지르며 빵 봉지를 던지고 반대 방향으로 달아났다.
 대학 시절 처음 본 피카소의 월계수 가지를 물고 있는 비둘기 그림을 정말 좋아했었다. 속도감 있는 간단한 크레용 선 몇 개만으로 생기 있고 상큼하면서도 깊이 있는 편안한 이미지를 창조해 낸 피카소야말로 천재라고 생각했었다. 내 신혼 베갯잇까지도 피카소의 비둘기 프린트가 있는 베갯잇이었다. 비둘기들은 그지없이 우아하고 다정했다. 그러나 피카소는 상상 속의, 개념적인, 평화의 비둘기를 '창조'했을 뿐이었다. 거기 리얼리티라고는 없었다.

비둘기들이 내게로 날아온 순간, 내 머릿속, '평화의 상징' 비둘기의 정체성이 전혀 새로운 차원으로 바뀌었다. 리얼리티 측면에서만 보자면 피카소에 비해 히치콕이 훨씬 더 천재였다. 영화 〈새〉의 화면들이 왜 그런 모습이어야 했는지, 그 순간 100퍼센트 이해할 수 있었다.

나는 비둘기가 무섭고 싫다. 그날 이후 공원에도 잘 안 나간다. 그놈들은 아기 손에서 과자를 뺏어먹겠다고 떼로 달려들 정도로 배짱이 두둑하고 못됐는데, 그걸 먹는다니! 먹을 게 그것밖에 없어서 할 수 없이 잡아먹는 것도 아니고, 일부러 키워서! 물론 비둘기를 먹는 나라가 이집트만은 아니다. 외국 요리책에서 조리법을 여러 번 보기도 했다. 그러나 그렇게 대규모로 기르는 곳이 있을 줄은 상상도 못했다.

이런 게 바로 문화적 차이다. 개고기를 먹든, 거위 간을 먹든, 굼벵이를 먹든, 인격을 모욕하는 것도 아니고, 다른 사람에게 피해를 주는 것도 아닌, 그저 각각의 상황에 맞춰 만들어진 문화다. 내가 개고기나 비둘기를 안 먹는다고 해서 먹는 사람을 비난할 수는 없는 일이다. 그런 문화적 차이를 놓고, '내가 옳고 너는 틀렸다'거나, '내가 우월하고 너는 열등하다'고 하면 공감은커녕, 이해와 소통은 물건너간다.

　나와 너는 기본적으로 '다르다'. 남녀, 노소, 국가, 인종 뭐 그런 걸 들먹일 필요도 없다. '내 속에서 나온' 자식부터 나와는 전혀 다른 또 하나의 인간이었다. 평화로운 인간 관계는 타인이 나와는 다르며, 그걸 내가 모른다는 사실을 인식하는 데서 출발한다. '내가 옳다'에 '내가 다 안다'가 결합될 때, 비극이 시작된다. 자기 실체도 제대로 잘 모르면서 알기는 뭘 안다고… 그러나 사람들은 모두 남도 나 같은 줄 안다. 왜 못 먹는지, 못하는지, 이해를 못한다. 공부 잘한 부모가 아이들에게 엄청난 스트레스와 고통을 주게 되는 이유이다. 심지어 어떤 잘난 아버지는 아들에게, '공부를 안해서 성적 안 나오는 건 그럴 수 있지만, 하는 데도 어떻게 성적이 나쁠 수가 있느냐'고 했단다. 아들 가슴에 결코 뺄 수 없는 대못을 박았다는 걸 그 아버지가 알까…

　이해와 소통 문제가 나오면 떠오르는 경험 하나. 우리 식구가 처음 스키를 타러 간 날, 보스턴에서 가까운 작은 스키장, 아이는 학교에서 하는 단체 강습에 넣었지만, '그냥 타면 된다'는 남편의 주장에 나는 무조건 스키를 신고 따라나섰다. 초등학교 스케이트 선수였다는 그는 앞서서 가버리고, 나는 몇 걸음 못 가 넘어졌다. 그런데 아무리 해도 일어설 수가 없었다. 몇 분 동안, 별수를 다 써도 일어날 수가 없었다. 미국인들이 힐끔거리며 지나갔다. 도와줄까냐고, 이렇게 저렇게 해보라고 일러줘도 못 일어났다. 진땀이 나고 당황스럽고 민망하고… 한 시간은 지난 기분이었다. 멀리서 보고 있던 남편이 기다리다 지쳤는지 뒤돌아왔다. 그는 황당해하는 표정이었다. 못 일어난다는 사실 자체를 이해할 수 없어 했다. 한동안 이렇게 해봐라, 저렇게 해봐라 하더니 그는 할 수 없이 자기가 넘어졌다. 자기는 일어날 수 있는데, 어떻게 일어났는지 모르겠다면서 일단 넘어져봐야겠단다. 결국에는 스키를 풀고 일어나서 다시 신었다. 또 넘어졌다. 또 못 일어났다. 정말로 한 시간을 씨름했다. 내 몸 어디가 잘못 생긴 게 아닌가, 많이 부족한가, 좌절에 또 좌절. 결국 다음 날, 나는 일주일짜리 단체 강습에 등록했다. 그런데 첫날, 강사는 넘어졌을 때 일어나는 요령부터 가르치는 게 아닌가. 그래서 나만 못 일어나는 게 아닌 줄을 알고 안심했다. 게다가 우리 반 다섯 명 중 나는 나은 편에 속했다. 마음이 놓였다.

남편은 그때 이야기를 가끔 한다. 나른 사람의 어려움을 알 수 없는 사람은 좋은 코치가 될 수 없다면서, 나는 비슷한 사람들에게 스키를 잘 가르쳐줄 수 있을 거란다. 그러나 그가 알 수 없었던 일이 스키를 신고 못 일어나는 것만은 아니었다. 내가 신체적으로뿐 아니라 정신적으로도 자신과는 다른 사람이라는 사실도 알아줬으면 참 고마웠으련만…

아스완에서 꼭 우리나라 노점 승합차 뒤에 꼬치에 꿰어 굽는 닭구이처럼 돌아가는 비둘기를 보았다. 먹어본 사람 말이 맛도 닭고기와 비슷하단다. 흠, 나도 한 입 먹어볼 걸 그랬나? 식당에서 본 비둘기구이는 삼계탕처럼 뱃속을 밥으로 채워 허브와 향신료를 듬뿍 뿌려 재웠다가 오븐에 구워낸다. 냄새로만 가늠해 보건대, 향이 적은 노점 비둘기구이가 내 입에는 더 맞았을 것 같다. 이집트에서는 비둘기 요리가 스태미나에 좋다고 알려져 있단다. 그런 소문이 퍼지면 단박에 우리나라 비둘기들 씨가 마르려나…

아줌마의 모험

낙타를 탔다. 사막 횡단 같은 대단한 건 절대 아니고, 그저 10여 분, 사막을 내려갔다 올라오는 데 10유로. 전 같으면 진즉 고개를 가로저었을 내가 앞장서서 낙타를 타러 갔다! 나이 50에? 대한민국 아줌마의 힘이지! 그리고, 지금이 아니면 언제 또 해보겠는가!

등에 혹이 하나만 있는 단봉낙다. 알록달록한 깔개(비록 때가 꼬질꼬질하지만 순모, 천연염색, 수직. 거기서는 그게 기본이다!) 위에 가죽과 나무로 된 안장을 얹었다. 느긋하게 졸고 있는 낙타 등으로 조그만 나무 발판을 밟고 기어올라가 앉았다. 이거 정말 괜찮으려나, 괜한 짓을 하는 건 아닌가, 이가 옮으면 어쩌지, 다치기라도 하면, 누구 도와줄 사람도 없는데… 후회할 틈도 없이, 아라비아의 로렌스처럼 머리에 체크 숄을 쓰고 검은 테로 고정시킨, 긴 아랍 의상을 입은 깡마른 마부가 채찍을 냅다 휘둘렀다. 그래도 낙타는 일어서기는커녕, 꿈쩍도 안한다. 한 번 더 채찍이 날고, 놈은 눈을 끔뻑하더니 천천히 마부를 한번 돌아보고 그냥 다시 존다. 이 녀석, 하필 게으른 놈인가? 내가 원체 게으른 종자라 낙타도 게으른 낙타가 걸린 건지! 하는 수 없었는지 마부는 뭔가 고래고래 고함(필시 욕!)을 지르며, 채찍을 휘두르며, 낙타 엉덩이에 돌을 던졌다. 이놈아,

낙타 타기.

네가 매를 버는구나, 나를 태우고 다녀와야 네 주인이 돈을 벌고, 그래야 너도 밥 얻어먹는 거야. 맞고 나서야 천천히 앞발을 펴고 일어서는데, 높이가 3미터는 족히 될 것 같았다! 아이고, 이거 떨어지면 일 나겠네, 안장 손잡이를 단단히 움켜쥐었다. 마부는 낙타를 끌고 한동안 언덕을 천천히 내려갔다. 뭐, 그런대로, 흔들흔들하고 불안하지만 이 정도면 할 만하겠군, 종일 타면 좀 배기겠네… 내 기분으로는 시간이 많이 지난 것 같았다. 아직 10분 안 되었나? 이제 그만 하지… 바로 그때, 마부가 나를 보고 씩 웃더니 다시 채찍을 휘둘렀다. 엉덩이를 정통으로 맞은 녀석은 언덕을 '달려' 올라갔다! 왼손으로는 모자를 잡고(미리 단단히 묶어둘 것을!), 오른손으로는 손잡이를 죽을 힘을 다해 잡고, 너무 놀라 비명도 입 안에서만 맴돌며 미처 밖으로 새나오지도 못했다! 여덟 살쯤 되어 보이는 깡마른 사내아이가 안장도 없는 낙타 등에 유유히 앉아 나를 보며 웃고 있었다. 말 대신 낙타를 타는 경찰이 있는 나라. 피라미드를 지키는 이집트 경찰들은 낙타를 탄다.

지금 생각해도 타보기를 참 잘했다. 나중에 손자가 생기면 이야기해 줄 무용담도 하나 더 늘었고! 이렇게 저질러도 되는 건데, 너무 오랫동안 수동적으로, 소극적으로만 살았다. 낙타는 37년 전, 중학교 3학년 때, 10미터 다이빙대에서 뛰어내린 이후, 최초의 모험으로 내 인생에 기록되었다. 이 사건이 전기가 되어서 이제부터는 가끔 조금 색다른 모험도 시도해 볼 수 있기를! 물론 모험이라고 해봐야 원래 생긴 모양에서 그렇게 많이 벗어나시 못하겠시만…

내게는 혼자 여행을 하는 것도, 작업 스타일을 조금 바꾸는 것도, 이렇게 내 이야기를 주저리주저리 털어놓는 것도 사실은 대단한 결심이 필요한 큰 모험이었다. 내 인생에는 도전이나 모험은 없었다. 늘 돌다리를 두드리고 건너는 정도가 아니라, 무너질 때까지 두들기다가, '거봐, 무너졌잖아' 하며 돌아섰다. 하지만 신중함이 아니라 나 스스로에 대해 믿음이 없어서였다.

'내가 그걸 어떻게 하나' '난 못해' '이 정도 능력은 누구에게나 있어' '내가 할 수 있는 건 별것도 아니야' '잘못된 건 내 탓이야'. 나는 늘 열등감에 시달리며 살았다. 대학에 들어갔을 때도, 기쁘기보다는 나 자신의 부족함을 확인했다는 기분이었다. 어쩌면 대학 입시는 고등학교 추첨 1세대로 한 번도 그 이전에 '제대로 붙어볼'

기회가 없었던 내게 스스로의 능력을 처음으로 객관적으로 확인해 볼 수 있는 기회였는데, 지나친 주변의 기대에 나는 시작도 하기 전에 이미 납작 짓눌렸다. 사실은 부모님이나 선생님들 기대 역시 점검 기회가 없었던 때문이었다. 조금씩 김을 빼주고, 내게 그때마다 실망하시고 더이상 기대하시지 않았으면 좋으련만, 1등을 못하자 선생님도, 부모님도 실망하시는 기색이 역력했다. 열등감(!)이 나를 갈기갈기 후벼었다. 진짜로 잔뜩 주눅 들었다. '나는 역시 못났어, 그러니 내가 뭔들 제대로 할 수 있으랴…' 최선을 다하지 않았다는 후회 때문이었을까, 아니, 나는 결코 스스로 할 수 있는 건 다했다고 말할 수는 없었던 사람이다. 시험조차 즐겨도 좋은 나이를 그렇게 보냈다…

하지만 내가 할 수 있는 건 별게 아니라고 생각한 대신, 남들은 다 옳고 훌륭하고 능력 있어 보였다. '정말 잘 그리는구나' '저런 색을 쓰다니, 멋지네' '쟤는 어떻게 저렇게 남들하고 잘 어울리지? 대단해!' '와, 저런 것도 아는구나!' '어쩌면 저렇게 명랑할까!' '믿음이 진짜 좋구나!'. 내 잣대는 상당히 왜곡되어 있다. 몇 년 전에야 내 실체, 문제들을 조금씩이나마 인식하게 되었고, 그래서 좀 다르게 살고 싶다고 생각하기 시작했다. 그러나 그저 그렇게 타고나서 그러려니 여겨졌지, 어디선가 비롯된 것이라고는 생각하지 않았다. 그런데 원인이 있었다.

어느날, 자동차를 타고 가면서 이런저런 이야기를 하던 중에, 어머니가 한마디 던지셨다. "지금 우리 어머니가 나를 보면 실망하시

겠지만." 그리고 더없이 쓸쓸한 한숨~

나이 80에!

아, epiphany!(이 느낌을 전달하기에 이보다 알맞은 우리말이 내 어휘의 한계 안에는 없었다.) 빛이 확 비쳤다. 찰나의 순간에 눈앞으로 필름이 휙휙 지나갔다. 명확하게 깨달아졌다. 어머니의 일생이, 나의 50여 년이, 1등 성적표를 흔들며 신이 나서 집에 돌아온 딸에게, '등수나 점수가 아니라 진짜 실력이 중요한 거야'라고밖에는 하실 수 없었던 이유가 바로 이거였구나! 그게 다 할머니한테서 온 거였구나!

외할머니는 부유한 집안의 딸이었다. 남자 형제들은 교육을 잘 받았다. 하시만 할머니는 초등학교도 못 다니셨다. 내가 태어나기 훨씬 전에 돌아가셔서 뵌 적도 없는 그분 생각을 요즘 많이 한다. 내 어머니를 보면서. 틀림없이 자존심이 엄청나게 강한 분이셨던 것 같다. 그러니 공부를 못한 한이 얼마나 크셨으려나, 마음이 짠하다. 어머니와 이모님들이 기억하는 여러 예화들로 미루어보건대, 지능지수로만 따지면 할머니가 당신 형제 중에서 단연 최고였을 게다. 그런 한 때문이었는지, 그 옛날에, 당신 딸들에게는 공부만 하라 하시고 부엌에는 발도 못 들여놓게 하셨단다. 할머니는 결국 딸들을 K여고, S대학에 보냈다. 어머니는 시집가서 미역국에 별거 별거 다 넣으셨단다. 생전 처음 끓이는 미역국이었으니까!

어머니가 한숨 쉬시는 순간, 알았다. 불쌍한 우리 엄마, 엄마도 열등감으로 불행하셨구나… 평생 얼마나 힘드셨어요? 내 열등감이 거기서 왔구나. '나는 진짜 실력은 가질 수 없어' '그나마 1등도 못하니 정말 형편없는 거야. 아이들이 얼마나 부모를 만족시키고, 기대에 부응하고, 기쁘게 해드리고 싶어 하는지, 그러나 스스로에게 실망하고 좌절하고 그래서 아예 미리 포기해 버리는지, 부모들이 안다면 좋으련만(나 역시 몰랐다. 아들아, 미안해).

내가 왜 늘 자신을 부족하다고 여기고, 모든 게 시원찮다고 느끼고, 자신없어 하며, 도전하지 않으려 했는지, 이제는 안다. 알게 되었으므로 달라질 수 있을 것이다. 나는 대대로 내려오는 '어머니의 실망' 고리를 끊고 자유롭기로 했다. 80세에도 열등감에 젖어 살 수 없다. 절대 그래서도 안 된다. 엄마 보시기에 별볼일없어도, 실망해서도 할 수 없어요, 그건 엄마 몫이니까요, 스스로 해결하세요, 저는 저대로, 생긴 대로, 열심히 격려해 가면서, 재미나게 살아보기로 했습니다…

모험… 관절이 더 망가지기 전에… 바람에 실려 하늘을 날아보고 싶다…!

이집트 국립박물관

 카이로 시내 한가운데, 나일 강을 끼고 서 있는 이집트 국립박물관. 한마디로, 모든 게 낡았다. 파리나 런던, 뉴욕의 박물관 이집트 유물들을 모아둔 전시실에서 보았던 전시의 질, 참고 자료, 유물 보존에 쏟는 정성이며, 유물을 가장 돋보이게 하는 디스플레이까지는 아니너라도, 이 상태면 소중한 유물들, 머시않아 나 훼손뇌면 어쩌나, 심각하게 염려해야 할 지경이었다. 온도는 물론, 습도 조절조차 안 되는 박물관이라! 이게 창고지, 창고 치고도 시설 열악한 창고! 기본 중에 기본이 갖추어지지 않았다고 해도 결코 지나치지 않은 표현이었다. 게다가 관람객들은 또 어쩌나 많은지, 소란하고, 날은 더운데, 드문드문 선풍기가 돌아가는 먼지 날리는 전시장들, 모서리 틈이 벌어져 그 먼지가 다 들어가는 나무로 된 낡은 전시 박스, 공기가 텁텁하고, 숨 막히게 답답해서, 이집트 역사의 정수를 즐기는 건 고사하고 그저 빨리 이곳을 벗어나고 싶은 생각뿐이었다. 다른 나라 박물관에서 보았던 이집트 미라들. 영생을 바라면서 정성을 쏟았으련만, 외국 박물관에서 사후시간을 보내야 하는 미라들을 보고 참, 그 팔자도 처량하다, 안쓰러웠는데, 막상 이집트 박물관에 와서 보니, 차라리 쾌적하고 조용한 그곳에서 대우

받으며 지내는 게 더 낫겠다는 생각이 들 지경이었다. 가장 값지게 여겨지는 일부 소장품, 투탕카멘의 황금관과 황금마스크, 미라 등은 냉방이 된 별도의 공간에 모셔져 있었지만, 어디 그 안에 소중한 게 그뿐이던가, 하나 하나, 귀하지 않은 게 없는데!

이집트가 프랑스나 영국에 그들이 빼앗아간 유물을 반환하라고 당당히 요구하려면 이런 상황으로는 곤란하겠다는 생각이 들었다. 우리가 잘 보존해 주고 있으니 이집트가 오히려 고마워해야 한다고 반대로 큰소리칠 여지를 준 게 아닌지! 가져갈 수 있는 건 다 실어내가고 도저히 못 뜯을 만큼 큰 건축물들만 남아 있다는 사실이 맘 아팠지만, 그리스에 고고학박물관을 보러 가는 게 아닌 것처럼, 원래 이집트에 갈 때 박물관을 보기 위해 갔었던 건 아니었으니까, 새삼 실망할 것까지는 없다고 나름 위로해 봐도 여전히 너무나 안타까웠다.

런던의 대영박물관은 내가 본 최고의 박물관 중 하나다. 파르테논 신상을 비롯해 그리스뿐 아니라 메소포타미아, 이집트, 전세계의 보물들을 마구 끌어들여 블랙홀 소리까지 듣는 대영박물관. 그러나 그럴만한 자격이 있다는 그들의 주장에 순간순간 설득당하는 게 아닌가 싶을 정도로 그 유물들을 보존하고 전시하는 기술, 유물에 대한 정성스럽고 성실한 배려와 세련된 안목은 정말 인상적이다. 박물관은 교육적이어야 한다는 신념에 사로잡혀 있는 그들인지라, 한번만 성실히 돌아보면 미술사와 세계사에 대해 통달할 수 있을 정도로, 이해를 돕는 모형, 모델, 설명 등을 철저하고 자상

하게 해놓았다. 상당히 배아프고 부럽기는 했지만 그래도 그 정도
는 대영박물관 정도 되면 당연한 거지, 싶었다. 막말로, '짬밥'이
얼만데! 그러나, 아, 이 사람들, 참 대단한 사람들이구나, 경탄밖에
안 나왔던 점은, 전체를 아우르는 미적 안목, 즉 구도, 간격, 배경의
색, 벽과의 거리, 조명, 높이… 완전히 기를 죽인다. 틀림없이 그림
자 모양은 물론, 어두운 정도까지 계산한 게 분명했다. 어떻게 잡아
도 거슬리는 데가 없는 완벽한 구도. 각별히 쏟아부은 정성이 확연
히 보였다.

게다가 대영박물관은 무료다(관람객의 자발적인 기부금은 받는
다)! 물가 비싸기로 소문난 영국에서 가장 맘에 드는 한 가지, 공공
박물관 무료입장 정책. 전문학적 비용이 늘 텐데, 대영제국의 후예
여서 가능한 배포, 스케일이라고 할 수밖에 없는 건가? 아니면 남
의 것들 모아다(빼앗아다) 보여주면서 돈까지 받기가 쑥스러워서?

미안한 말이지만, 영국이나 프랑스 등에 자기네 보물들을 돌려달
라고 요구하는 많은 나라들이 과연 그들처럼 할 수 있었을까, 상당
히 의문이다. 이집트 박물관에서 보니, 오히려 돌려보내면 상태가
나빠질 수 있다는 어쭙잖은 핑계에 얼핏 동조하는 맘이 다 들어 나
자신에게 깜짝깜짝 놀랄 지경이었다. 파르테논 신전의 신상들의
반환을 줄기차게 요구하고 있는 그리스, 아테네 국립고고학박물
관, 일견 밋밋한, 상상력이라고는 전혀 안 보이는 2차원적인 전시
실들. 그냥 단순한 줄 세우기. 다 훔쳐가고 남은 유물이 적어서 그
런 거라는 핑계만 대고 있기에는 좀 무안했다. 그나마 최소한의 시
설을 갖춘 그리스는 그래도 낫다. 이집트나 그보다도 상황이 더 열

악하다는 메소포타미아는 어쩌면 좋아!

　그러니까 우리나라도 국립박물관을 세계 어느곳에도 뒤지지 않게 짓기를 정말 잘했다. 절대 세금 낭비, 공간 낭비가 아니다. 나도 내 세금이 어디에 쓰이는가에 대해 누구 못지않게 예민한 사람이다. 그러나 안 써도 되는 때 펑펑 쓰는 게 탈이지, 국립박물관은 오히려 더 크게, 더 최첨단으로 지었어도 된다고 생각한다. 국가의 자존심이 걸린 문제가 축구만은 아니다. '너네보다 우리가 잘 보존, 어쩌고' 하는 모욕적 핑계를 근본적으로 막을 수 있으려면 일단 갖춰놓을 건 하드웨어든, 소프트웨어든, 그들의 기를 꺾을 만한 수준으로 모두 마련해둬야 한다.

해! 태양! 햇빛!

그리스가 바다라면 이집트는 해다!

좋게 말하면, 맑고, 투명하고, 정열적이고, 뜨겁고, '쨍' 하고… 그러나 어떤 표현도 군소리일 뿐이다!

흰 해, 주홍빛 해, 황금빛 해, 붉은 해, 노란 해, 해, 해, 해… 아이고~!!!! 그놈의 해!!!!

신화와 모험담과 역사와 스캔들, 온갖 낭만적인 이야기로 가득한 왕가의 계곡. 그럼에도 불구하고 그곳을 떠올리면 무엇보다 먼저 그 뜨거운 해부터 생각난다. 워낙 건조한 곳이라 그늘에만 들어설 수 있으면 한숨 돌리겠는데, 경사진 언덕에, 날리는 먼지에, 정말 그늘이라고는 한 뼘도 없었다. 이집트인들의 흰옷, 성근 이집트 면으로 홀렁하게 만든 긴 통짜 옷이야말로 그 날씨와 햇빛에 가장 적합하게 진화한 것임을 분명히 알 수 있었다. 살을 드러내면 즉시 1도 화상. 과연 '무서운 태양신'이 이곳의 진정한 주인이었다. 고대 이집트인들은 심지어 해를 똑바로 쳐다만 보아도 눈이 먼다고 믿었단다. 오죽했으면 그리 믿었을까, 충분히 이해가 될 만큼 겁나는

기자 시내에 붙은 피라미드.

해 였다.

원래 내가 갖고 있었던 단순하고 순진한 기대와는 달리, 이집트라고 해서 메트로폴리탄의 신전에서 느꼈던 경건함과 힘을 쉽사리 경험할 수 있는 건 아니었다. 당연한 거지… 그런 느낌을 받으려면 사막 길을 오래오래 가야 했다. 카이로의 위성도시 중 하나로 거의 붙어 있다시피 한 기자시 교외의 가장 유명한 피라미드군. 그런데 어머나, 이게 웬일이래, 카이로 시내에서도 그렇게 가까이 보일줄이야! 게다가 피라미드 울타리 바로 밖에는 아파트와 가게들이 줄지어 있었다. 사막 한가운데 아니었나? 도시가 나와 있는 사진은 이제껏 한 번도 못 보았다. 전혀 예상치 못한 장면. 나뿐 아니라 버스 안의 다른 관광객들도 모두 놀란 표정이었다. 시가지 반대편은 아직 사막이고 거의 모든 기자의 피라미드 사진은 그쪽을 향하고 있었다는 걸 처음 알았다. 거주지에서 그렇게 가까우니 피라미드를 덮었던 판석들은 주민들에게 조상들이 선물한 손쉬운 채석장이었을 수밖에. 인간은 어차피 오늘, 내가 가장 중요한 존재인지라 옛 사람들의 흔적 위에서 그 자취를 지워가며, 이용해 가며 살아왔다. 따라서 워낙 대규모라 그 이상은 건드리기 어려운 유적이거나 접근이 힘든 오지에서라야 옛 문명의 맛을 볼 수 있게 된 건 어쩌면 당연하다.

이집트에 관해 갖고 있었던 선입견을 만족시키고, 직접 겪어봐야 하는 유적의 분위기를 온몸으로 실감나게 느낄 수 있게 해준 곳이 룩소르. 유네스코로 하여금 아베네 아크로폴리스의 파르테논 신전을 세계 문화유산 1호로 먼저 지정해 버린 걸 후회하게 만들었다는 카르나크 신전, 왕들의 계곡, 왕비들의 계곡, 핫셉수트 장제전, 아스완 댐으로 잠길 뻔했던 한 스케일 하는 아부심벨 신전, 이게 정말 내가 생각했던 이집트였다.

그러나! 그놈의 해, 해, 해! 오래 꿈꾸었던 곳에 드디어 다녀왔는데, 먼저 생각나는 건 지긋지긋한 해다! 꿈꾸기는커녕, 뭘 느끼고 말고 할 여지를 도무지 주지 않으니, 머릿속이 하얗게 마비되어 버렸다. 메트로폴리탄의 덴두르 신전의 수천, 수만 배는 됨직한, 남성적인 위용을 뿜어내는 카르나크 신전에서, 그 규모, 거대한 기둥, 줄지어선 스핑크스, 오벨리스크, 한마디로, 통이 큰데, 경건은 고사하고, 여간해선 지치지 않는, 구경 좋아하는 미국인들까지도 가쁜 숨을 헐떡이며 기둥 그늘에 되는 대로 '널브러져' 있기 일쑤였다.

하물며 그늘이라고는 없는 메마른 모랫길 언덕을 걸어올라야 하는 왕가의 계곡은 말해 무엇하랴! 젊어서 왔었더라면, 하는 아쉬움도 없지 않았지만, 잠깐만 피부를 드러내도 곧 뻘겋게 화상을 입히는 햇빛의 잔인함이 10-20년 전이라고 달랐으려나. 그나마 냉방이 잘된 버스를 탔기에 망정이지, 의료 환경이 열악하기 짝이 없는 곳인데 탈진이라도 하면 어쩌나, 먹는 것도, 자는 것도, 걷는 것도, 조심 조심. 지구 온난화가 계속 진행되어서 우리나라가 이렇게 되는 날이 온다면! 이건 정말 끔찍한 공포영화다. 이런 곳에서 냉방 장치도, 물도 없이 매일 매일 살아가는 사람들도 있는데!

  하지만 황혼 무렵, 상쾌하고 서늘한 산들바람 속에 바라보며 느끼는 나일 강의 태양은 내 맘 속에 품었던 낭만적인 이집트 신화를 되살려주었다. 철없는 관광객은 낮 동안의 폭력적인 햇빛을 또 금방 잊었다.

언니, 이거 쓴 목적이 뭔데?

여행에서 돌아온 후 몇 달간 원고를 붙들고 있었다. 원래 글을 쓰는 사람이 아니어서 시간이 오래 걸렸고, 끝도 없이 고칠 부분들이 눈에 띄었다. 겨우내 그렇게 보내다 보니 이대로 가면 개인전을 망칠 수도 있겠다는 생각에 일단 원고에서 손을 떼기로 했다. 내충 시둘리 마무리하고 주변 몇 사람에게 읽어봐 달라고 보냈다.

그 중 한 사람, 사촌동생의 반응,

'근데 언니, 이거 쓴 목적이 뭔데?

흠, '목적'이라고? '왜'냐는 말이지? 그래, 여기도 그게 필요했었나?

동생은 그 질문이 바로 내가 최근 몇 년간 가장 고민하고, 풀지 못하고 있는 명제였음은 짐작 못했을 게다.

내 주변의 어르신들과 부모님, 스승님들은 더할 나위 없이 훌륭한 분들이셨지만 대부분 계몽주의자들이셨다. 그들에게 배우면서 자란 나는 뼛속까지 의미론자다. 명분이 있어야만 움직이고, 의미가 없으면 가치가 없다고 믿으며, 그렇게 가치 없는 일에 시간과 노력을 들이는 건 어리석은 짓이라고 생각하며 산다. 그런데 요즘 젊은 이들은 달랐다. '왜냐?'는 질문에 '그냥!' 한마디면 족하다.

학생들 작품을 지도하면서 거의 입에 달고 다녔던 말은, '어떻게 보다는 왜가 중요한 거야' '이거 왜 이렇게 했니' '의미가 뭔데' '네 생각이 뭐니' '의도가 뭐니'… 그들은 내 질문에 눈을 동그랗게 떴다. '그냥' '재미 있어서…' 나는 그들에게도 나와 같은 의미론자가 되라고 강요하고 있었다. 그것이 내가 아는 유일한 소통방식이었으므로! 그런데 어쩌면 이게 아닐지도 모른다는 느낌이 들었고 그 생각은 점차로 확실해지고 강해졌다. 이 아이들은 그들의 세상을 살아가야 한다. 그들은 그 세상과 자기네 방식으로 소통해야 하는 다음 세대의 아티스트가 될 것이다. 의미론은 그들의 언어가 아니었다. 어학이나 수학을 전공했었다면 좋았을 것을!

이번에도 나는 여행을 떠나면서 많은 명분과 이유를 만들었다. 예전처럼 학회나 아트페어에 간다는 등, 일 때문도 아닌 데다가 뭔가 그럴싸해 보이는 의미도 없는 주제에, 큰돈과 시간을 들여 집에는 즉석밥을 쌓아놓고 길을 떠난다는 것이 나 자신에게도 너무 염치 없이 느껴졌기 때문이었다. 그러나 떠나고 보니, 그리고 그 여행을 정리하다 보니, '그냥 가고 싶어서'면 됐다. 그저 매일 매일을 즐겁게 누렸고, 그걸로 충분했다.

어릴 때부터 아무것도 하지 않고 어영부영 하루를 보내면 하나님께, 사람들에게 죄송한 거라고, '의미 있게' 살아야만 참된 인생이라고 배웠다. 하나님께서 나를 세상에 보내실 때, 분명히 뜻이 있으셨을 것이고, 나는 그걸 이뤄내야 한다고! 게으른 천성으로 빈둥 빈둥 시간을 보낼 때마다 죄의식에 시달렸고, 그래서 뭐라도 한 척, 꾸미는 날도 많았다.

 그런데 솔직히, '일하기 위해 먹는', 먹는 일에 뭔가 '의미' 있는 명분을 얹을 때보다, '먹는 게 좋아서' '맛있어서' 먹는 음식이 훨씬 좋았다. '일하지 않는 자 먹지도 말라'가 절대명제인 사람들도 있다. 그들의 '일'은 개발시대에 사회적으로 존경받는 일이어야만 했다. 그러나 이제 많은 게 달라졌다고 해도 되지 않을까? 먹고 싶은 걸 먹기 위해 '일'하고, 요리라는 '일'을 하고, 거기서 큰 행복을 느낀다고 해서 의미 없는 인생이라고, 좀 '제대로 된 일'을 하라며 폄하해서는 안 된다고 생각한다. 인류 평화나 국가 발전에 이바지할 수는 없을지 몰라도 다른 사람들에게 피해를 주지도 않을 뿐디러, 나 자신뿐 아니라 타인까지도 행복하게 만들어주는 일이 왜 가치 없는 일인가? 어르신들은 쓸데없이 아까운 시간과 돈 낭비한다고 혀를 차시지만 내가 만든 음식을 먹으면서 사람들이 얼마나 행복해하는데!

 오래 전부터 실제로 행동은 그렇게 해왔으면서도 스스로 억누르고, 부정하고 있었던 프레임을 마주보게 되자, 나는 내 머릿속에 너무 단단히 박혀 있던 윤리를 조금씩 회의적인 눈으로 보기 시작했다. 좀 다른 기준에도 마음을 열었다. 무엇보다 내가 누리며, 즐기며, 행복한 게 더 중요하다는 믿음이 생겼다. 이제 그렇게 살고 싶었다.

 그럼에도 불구하고, 동생의 질문을 받자마자 또 자동적으로 의미를 꾸려대는 나 자신을 발견했다. 못 말린다, 정말! 아니야, 안 그래도 돼. '그냥, 내가 하고 싶어서' 해도 되는 거야. 군이 말해야 한다면, 이 글들을 쓰게 된 이유는 '하고 싶은 이야기가 쏟아져 나와서'였다. 끼적거리다 보니 수다가 꼬리를 물고 늘어졌다. 지중해에 다녀온 후의 그림도 '그냥 쏟아져 나온' 작업이었다. 그런데 전처럼 의미를 붙이려 애쓰지 않았어도 아주 만족스러운 작품들이 나왔다. 글도, 그림도, 그걸로 충분하지 않은가?

동생아, 나 그냥 수다 떨고 싶어서, 쓰고 싶어서 썼어! 그러니까 너도 있지도 않은 정답 알아내려고 앞뒤 맞춰가며 분석하지 말고, 그냥 재미나게 읽어주렴. 너 나랑 얘기하는 거 좋아하잖아!